明日の膳

浅草料理捕物帖 五の巻

小杉健治

時代小説文庫

角川春樹事務所

本書は時代小説文庫（ハルキ文庫）の書き下ろし作品です。

目次

第一章　料理番付　5
第二章　脅迫状　74
第三章　情夫　142
第四章　再興　211

第一章　料理番付

一

浅草聖《あさくさしょう》天町《でんちょう》にある一膳飯屋《いちぜんめしや》『樽屋《たるや》』の障子戸が開いて誰《だれ》かが入ってきた。

「すみません。まだ、なんですよ」

おたまの声がする。

「いや、じつは板前さんに会いたいのだ」

「板前さん？　喜助《きすけ》とっつあんかしら、それとも孝助《こうすけ》さん？」

おたまはきいた。

「この店の目玉の大根飯を思いついた板前さんです」

その声に大根を切っていた孝助は手を止めた。店のほうに目をやると、羽織姿の三十半ばぐらいの小粋《こいき》な男が立っていた。荒《すさ》んだような色気がある。

「孝助さんに御用の方が」

たすき掛けのおたまが呼びにきた。

「わかった」

包丁を置き、手を洗って店のほうに向かった。

羽織姿の男は孝助の前に近寄って、

「あっしは千代丸《ちよまる》さん。ひょっとして幇間《ほうかん》の？」

「千代丸さん。ひょっとして幇間の？」

荒んだような色気がある男を見る。

「へえ。太鼓持ちでござんす」

子どもの頃《ころ》に会ったことのある千代丸はもっと年配の男だった。そのことを言うと、
そのお方は師匠だと言う。

「師匠をご存じで？」

「昔、何度かお会いしたことがあります」

「そうですか。師匠は五年前に亡くなり、あっしが名を継ぎました」

幇間は師匠について修業をし、一人前になるのだ。

「お亡くなりになったのですか。で、あっしに何か」

孝助はきいた。

「じつは札差《ふださし》『十字屋《じゅうじや》』の大旦那《おおだんな》の十右衛門《じゅうえもん》様が還暦を迎え、その祝いに変わったことをやりたいと言いだされましてね。おい千代丸、金に糸目はつけないから何かおもしろい趣向を考えろと」

「……」

「かつて札差がもっとも羽振りがよかった時代、札差はこぞってその財力を町の者たちに見せつけていました。たとえば、芝居好きの札差の旦那は、自分の家を芝居がかりにこしらえなおして、月に何度か素人芝居を催したようです。まあ、そのようなことはさておき、そこで考えたのが『大食いの会』でして」

「大食い？」

「はい。大酒の会は前例がありますが、大食いはほとんどないようです。いえ、どこかで一度行なわれたようですが、このことを十字屋さんに申し上げたところ、大いに乗り気になられましてね」

「……」

「で、あっしが考えたのはこうです」

そう言い、千代丸は説明をはじめた。

「幾つかの段に分かれておりまして、最初の段は寿司《すし》です。寿司を十人前平らげたものが、次の段のそばに挑みます。同じくそばを十人前食したものは、最後の段のてんぷらを。もちろん、ひとによって好みもございましょうから、苦手なものを別のものに取り替えることが出来ます。それが鰻《うなぎ》とこちらの大根飯でございます」

「大根飯？」

元はふつうにある大根飯で、炊いた飯が吹き上がるとき、蓋《ふた》をとって、刻んだ大根と塩を入れる。炊きあがってから、よくまぜながらおひつに移す。これを客に出すときは、しじみを醤油《しょうゆ》で煮込んだ出し汁をかける。

このしじみを醤油で煮込んで出すのは孝助が思いついた。

「大根飯を選んでくださってありがたいのですが、店に出すだけが精一杯で、大食いに供する大根飯をご用意する余裕はありません」

「そこですが、十字屋さんは、当日はこの『樽屋』を買い切ると仰《おつしや》っております。決して損な話ではありません」

「いえ、お金の問題ではありません。『樽屋』のお客さんは日傭《ひようと》取りや駕籠《かご》かき、棒手振《ぼてふ》りなどの商売の方々が多く、ここを楽しみにして下さっているのに店を閉めるわけにはいきません」

「いい話だと思いますがねえ」

そこに亭主の喜助が出てきた。

「口をはさむようで申し訳ねえが、『樽屋』は常連の皆さまに支えられております。そのひとたちに背を向けるわけにはいかないんでございます」

「ご亭主ですね。催しが開かれるのは昼間です。夜は店を開けられますが」

「大食いのための仕込みもしなきゃなりません」

孝助は大食いの競い合いが気に食わなかったのだ。食べ物を粗末にされるような気がする。味わうことなく、ただ競い合いのために口に押し込んでいく。一膳飯屋の安い飯でさえも食べることが出来ない者に、そのぶんを与えてあげたほうがどれだけましか。

「人手がいるなら、手伝いに誰かつけます。なにしろ、金に糸目はつけませんので」

金に飽かしていることも不快だった。

「申し訳ありませんが」

「そこをなんとかなりませんかねえ。こちらの大根飯はうまいという評判なんで」

「なんと言われましょうとも」

喜助も答える。

「会場になる料理屋もここから近いので、それほど負担にはならないかと思ったんですがねえ」

千代丸は諦《あきら》めきれずに言う。

「近くって、どこですかえ」

孝助はきいた。

「今戸《いまど》の『鶴《つる》の家《や》』です」

「『鶴の家』?」

思わず、孝助は喜助と顔を見合わせた。

今は『鶴の家』という料理屋だが、十一年前までは『なみ川《かわ》』という鯉《こい》こくと鰻料理で有名な料理屋だった。

十一年前に他人の手に渡ったが、ここは孝助が生れ、育ったところだ。孝助がここに住んだのは十二歳までで、そのあと、孝助は京に上った。

「この大食いの競い合いは今話しただけで終わらないのです。寿司、そば、てんぷらとこなしたものの上位十名は会席料理にかかります」

「会席料理?」

会席料理は茶の湯の席で出される料理である懐石から生まれたものだ。

鎌倉《かまくら》時代、栄西禅師《えいさいぜんじ》が南宋《なんそう》から持ち帰った茶は僧侶《そうりょ》の社会から武家社会に広まり、やがて茶をもって寄り合う茶会が開かれるようになった。茶会は宴席となり、酒と本《ほん》膳《ぜん》料理が出された。

本膳料理は、古来から武家社会で主従の関係を確かめるため、あるいは主へのもてなしに供する儀礼の食事で、本膳という一の膳に二の膳、三の膳などから成る本格的な料理である。ひとり用の膳がいくつも並べられるが、真ん中に置かれるのが本膳、右に二の膳、左に三の膳が置かれる。

栄西禅師の時代からおよそ三百年後、村田珠光《むらたじゅこう》によって侘《わ》び茶《ちゃ》が創始され、さらにそれからおよそ百年後、堺《さかい》の町衆武野紹鷗《たけのじょうおう》とその弟子の千利休《せんのりきゅう》によって大成した。千利休は武野紹鷗が考えた茶室をさらに侘びの世界に導くように小さく、入口も立っては入れないように小さくした。

やがて、茶室では茶を飲むだけでなく、食事と酒が振る舞われるようになった。この食事はいちどきにたくさんの料理が目の前に並ぶ本膳料理ではなく、膳は常にひとつで、それを食べ終えたあとに、新しい料理が運ばれてくる。常に、温かい食べ物が出されるのだ。これが懐石である。

宝暦《ほうれき》（一七五一～六四）から天明《てんめい》（一七八一～八九）期にかけて、江戸でも本格的な料理屋が出来てきた。

「『鶴の家』に会席の板前がいるのか。あそこは鯉こくと鰻を出すところではないか」

　喜助が疑問を口にする。

「どこぞから引き抜いてくるようですぜ」

「引き抜く？」

　孝助も眉根《まゆね》を寄せ、

「じゃあ、『鶴の家』は会席料理の店に？」

「そうらしい。『鶴の家』の主人はこの話にすぐ乗ってくれたんだそうで。うちを会場に使ってくれとね」

「孝助」

　喜助が恐ろしい形相で、

「引き受けようじゃねえか」

　と、勧めた。

「そうだな」

「えっ、引き受けてくれるんですかえ」

　千代丸は目を輝かせた。

「わかりやした。お引き受けしやす」

忸怩《じくじ》たるものがあったが、『鶴の家』に入り込むいい機会だった。

孝助が京の三条大橋《さんじょうおおはし》の近くにある格式のある料亭に住み込んで板前の修業をして、五年ほど過ぎたときに、江戸から手紙がきた。『なみ川』で食中《しょくあた》りがあり、ふたりが死んだ。そのため、主人である父は奉行所の役人に捕まり、流罪《るざい》。そして付加刑として闕所《けっしょ》が加わり、料亭はすべて没収されたという。

急ぎ京から帰った孝助を待っていたのは父の獄中死《ごくちゅうし》と母の死であった。妹のお新《しん》は親戚《しんせき》に引き取られていた。

喜助は『なみ川』の板前だった。『なみ川』をやめて深川《ふかがわ》に店を持ったあと、『なみ川』がだめになった。

その後、かみさんが病気で亡くなったあと、『なみ川』に何があったのかを知りたいと思うようになり、深川の店を畳んで聖天町に『樽屋』を出したのだ。

「ありがてえ。じゃあ、詳しいことはあとで知らせますが、だいたい半月後に開きたいと思います」

「わかりやした」

千代丸が引き上げたあと、喜助が口にした。

「大食いってのに手を貸すのは気に食わねえが、『鶴の家』の様子を探るいい機会だ」

「それより、『鶴の家』が会席料理の店にってのが……」

会席料理を出す、というのが『なみ川』をはじめた頃からの父の夢だった。孝助が京に修業に行ったのもそのためだった。

しかし、『なみ川』で食中りが起こってふたりの客が死んで、『なみ川』は廃業に追い込まれた。

そのあとに『なみ川』を買い取り、『鶴の家』を起こしたのが本所石原町《ほんじよいしわらちよう》で小さな呑《の》み屋をしていた男だ。

そんな男がなぜ、『なみ川』を手に入れることが出来たのか。『なみ川』を舞台に何が行なわれたのか。

『なみ川』がなくなっては、京に戻って修業を続ける意味もなかった。失意のうちに孝助は江戸を離れ、上州《じようしゆう》、野州《やしゆう》などを転々としたあげく、館林《たてばやし》の呑み屋で板前をしているときに、客で来ていた博徒《おかび》の男からある話を聞いた。

その男は浅草生まれで、岡っ引きの文蔵《ぶんぞう》に江戸を追われたと言い、そのわけは文蔵の悪事を知っている俺が目障りだったのだと歯嚙《はが》みした。

文蔵は浅草の地回りだった。ほんとうなら小伝馬町《こでんまちよう》の牢屋敷《ろうやしき》にぶち込まれてもおかしくない人間だが、『なみ川』という料理屋の没落に手を貸したおかげで岡っ引きになりやがったと、男は言った。

そのことを聞いて、孝助は江戸に戻った。そして、『なみ川』があった場所の近くで『樽屋』をはじめていた喜助と再会したのだ。

「『鶴の家』の評判はよくねえ。『なみ川』は下り酒を出していたが、『鶴の家』は江戸や近郊で醸造された地廻《じまわ》り酒を使っているらしい。料理も居酒屋に毛の生えた程度のものしか出さないのに、『なみ川』に負けないほどの値段だというからな。客が来なくなるのは当たり前だ。このままじゃ、まずいと思ったんだろうな」

「おとっつあんの夢だった会席料理を『鶴の家』がはじめるなんて許せねえ」

孝助は唇をかみしめた。

「その前に、『なみ川』乗っ取りの真相を暴くんだ」

喜助も不快そうに言ってから、

「さあ、その前に今夜の仕込みだ」

と、声をかける。

「そうだな」

孝助も気を取り直して、板場に戻った。

と、同時にまた障子戸が開いた。

「孝助さん、いるかえ」

今度は文蔵の手下の峰吉《みねきち》だった。山谷《さんや》の紙漉《かみす》き職人の倅《せがれ》だが、捕物好きで文蔵の手下になっている。今は、家を出て、文蔵の家に居候をしている。まだ二十歳だ。

この時間に、峰吉が現れるのは珍しい。孝助は出て行った。

「何かあったのか」

「浅草の新堀端《しんぼりばた》で殺しがあったんだ。親分が呼んで来いって」

「そうか。わかった」

なぜ『なみ川』が潰《つぶ》れなければならなかったのか。『なみ川』で何があったのか。その鍵《かぎ》を握るのが岡っ引きの文蔵だった。

文蔵から十一年前の話を聞き出すのは容易なことではない。それで、文蔵に近付くために手下になったのだ。

文蔵は浅草一帯を縄張りにしている岡っ引きだ。北町定町廻《きたまちじょうまちまわ》り同心《どうしん》丹羽溜一郎《にわりゅういちろう》から手札をもらっている。四十前の厳《いか》めしい顔の男で、相手を威圧するようなぎょろ目で睨《にら》みつけるように見る。

十一年前までは、浅草奥山《おくやま》でゆすり、たかりを繰り返していた地回りだ。この界隈《かいわい》の者は文蔵の悪振りを知っているので、岡っ引きになったことに呆《あき》れる以上に恐れていた。

昔は脅して金を巻き上げていたが、今は顔を出すだけで、店の者は金を出す。あとで睨まれたらどんな難癖をつけられ、お縄にならないとも限らない。

岡っ引きになっても、やっていることは同じで、ゆすり、たかりを繰り返している。そんな文蔵から話を聞きだすためには文蔵の信頼を得なければならない。そのためには手柄を立てることだ。だから、何かことがあった場合には『樽屋』のほうを喜助に任せて駆けつけるようにしている。

孝助は襷《たすき》を外し、

「とっつあん。行ってくる」

「ああ、こっちのことは任せておけ」

孝助は峰吉とともに『樽屋』を出た。

文蔵の手下には兄貴分の亮吉《りようきち》がいるが、孝助には敵愾心《てきがいしん》を持っている。文蔵の手下になって孝助は立て続けに手柄を立てている。そのことが気に入らないのだ。ただ、一番若い峰吉は孝助に憧《あこが》れのようなものを抱いている。

「ホトケは誰だ?」

孝助はきく。

「まだ、身元はわからねえ。四十ぐらいの男だ」

「傷は？」

「心ノ臓と腹を刺されていた」

「殺されてからどのくらい経《た》っているのだ？」

「殺されて間もないようだ」

ひと通りの多い雷門《かみなりもん》前に差しかかると話を中断し、ふたりは先を急いだ。

新堀川に出て、

「じゃあ、日が昇ってから殺されたってわけだな」

下手人は大胆なのか、それともその場でのっぴきならぬことがあって明るい中で殺さざるを得なかったのか。

「親分はどう見ているんだ？」

「喧嘩《けんか》じゃねえかって見ている、亮吉兄いも、喧嘩に違いねえと。でも、俺は喧嘩とは思えねえ。だって、昼間から、殺してしまうような喧嘩があるとは思えねえ」

「そうだな」

新堀川にかかる橋を渡り、大きな寺の裏手の雑木林に入って行った。

数人のひとだかりがしていた。文蔵と北町定町廻り同心丹羽溜一郎がホトケの前に立っていた。

「親分」

孝助は声をかけた。

「おう、孝助か」

文蔵は蝮《まむし》の文蔵と言われ、世間から嫌われている。

「身元はわかっていないんですね」

「まだだ」

「ホトケを見させてもらっていいですかえ」

孝助は言い、莚《むしろ》をかぶされているホトケの前でしゃがんだ。

手を合わせてから、莚をめくる。仰向けになった男の胸と腹に血が滲《にじ》んでいた。驚いたような顔をしているのは不意を突かれたからかもしれない。

土気色の顔を見る。鼻が横に広い。荒んだ感じは堅気とは思えない。孝助はおやっと思った。どこかで見たような顔だ。

どこぞで会っている。そんな気がしたが、思い出せない。

「孝助、どうした？」

文蔵が不審そうにきいた。

「へえ。なんだか、この顔に見覚えがあるんです」

「どこかで会っているということか」

「でも、はっきり思いだせねえんで」

「思いだせないのは、会っているのがずいぶん前だからではないか」

同心の丹羽溜一郎が横合いから口をはさむ。

「そうですね」

孝助はもう一度、ホトケの顔を見る。鼻が横に広いという以外に黒子《ほくろ》だとか、痣《あざ》だとか目立つ特徴を探したが死に顔には何も見つけられなかった。

諦めてふと耳を見た。小さな耳だ。が、その割りには耳たぶが大きい。そのとき、あっと叫んだ。

「このひとは……」

「おい、孝助。思いだしたのか」

「十五年ぐらい前に見かけたひとに似ているんです」

「十五年前だと？　ずいぶん前だな」

「へえ」

「誰だ？」

「池之端仲町《いけのはたなかちよう》にある『美都家《みとや》』という料理屋の板前だったと思います」

「名前は？」

「知りません。ただ、この耳たぶが頭に残っていて」

「十五年前といえば、おめえはまだ子どもじゃねえか。なんで、料理屋の板前を知っているのだ？」

「その近くに住んでいたんです。『美都家』の裏を通ると、ときたま板前さんが池の辺で休んでいたんです」

ほんとうは父親に連れられ、『美都家』に行った。京に修業に出る前だった。父は孝助に会席料理を味わわせようとしたのだ。

食べ終わったあと、父は板前を座敷に呼び、祝儀を渡した。そのとき、年嵩《としかさ》の板前といっしょに挨拶《あいさつ》にきたのが、この男だった。

「しかし、風体《ふうてい》は板前とは思えねえな」

文蔵が首を傾《かし》げた。

「そうですね。ひと違いかもしれません」

孝助も自信がなかった。

「ともかく、『美都家』の者に顔を見せろ」

丹羽溜一郎が言い、

「孝助、おめえ行って、誰か連れてこい」

「へい」

孝助はすぐ池之端仲町に向かった。

二

稲荷町《いなりちょう》から上野《うえの》山下《やました》を抜けて、池之端仲町にやってきた。

大きな門を入って行くと、女中らしい若い女がたすき掛けで水撒《みずま》きをしていた。

「すまねえな。女将《おかみ》さんを呼んでくれませんか。俺は岡っ引きの文蔵の手先で孝助と言いやす」

孝助は声をかける。

「どうぞこちらに」

桶《おけ》と杓《ひしゃく》を置いて、女中は土間に入って行った。孝助も土間に入る。

帳場から年配の女が出てきた。やはり、微《かす》かに記憶がある。髪に白いものが増えているが、十五年前に会っていたことを思いだした。

「女将さんですね。あっしは岡っ引きの文蔵の手先で孝助と言いやす。じつは、浅草の新堀端で四十ぐらいの男が殺されました」

「殺された……」

女将は目を見開いた。

「まだ身元はわかりません。ところが、ホトケがどうもこちらの板前に似ているようなんです」

「うちの板前はいますけど」

ホトケの風体を思いだして、

「板前をやめた者はおりますかえ。そうだ、耳たぶに特徴がある」

「耳たぶ……」

女将ははっとした。

「もしかしたら、染次《そめじ》では……」

「染次？」

「ええ。五年前にうちをやめていきました」

「なんで、やめたんですかえ」

「酒と博打《ばくち》です。博打場で喧嘩になって相手に手を刺されたんです。そのため、包丁を持てなくなってしまったんです。いい腕をしていたのですが」

「ここをやめて何をしていたんでしょうか」

「さあ、わかりません」

「染次かどうかどなたかに確かめてもらいたいのですが？」

「染次を慕っていた板前がおります。ちょっと、信吉《しんきち》を呼んでおくれ」

女将は女中に命じた。

「はい」

女中は板場のほうに小走りになった。

しばらくして、小粋な感じの三十ぐらいの男が訝《いぶか》しげな顔つきでやってきた。鼻筋が通ってきりりとしている。

「信さん。おまえさんは染次と親しかったねえ」

女将が声をかける。

「染次さんに何か」

信吉は不安そうな顔になった。

「新堀端で殺されていた男が染次じゃねえかと思えるんですよ。そいつを確かめてもらいたいんです」

「染次さんが」

信吉は唖然《あぜん》とした。

「そうじゃねえかって。だから、そいつを確かめてもらいたいんです」

「わかりました。女将さん、ちょっと行ってきます」

「そのままでいいのかえ」

「へえ」

「そう、じゃあ気をつけてね」

「へい」

「じゃあ、信吉さん、行きますかえ」

孝助は信吉といっしょに来た道を戻った。

現場に着くと、文蔵が待ちかねたように出迎えた。

「親分、連れてきました」

孝助が言うと、文蔵は信吉に顔を向け、

「挨拶はいい。まず、ホトケを見てもらおう」

と、急《せ》かした。

「へい」

信吉は文蔵に連れられ、ホトケの前に行った。

「いいか」

文蔵が莚をめくった。

おそるおそる覗《のぞ》いて、信吉はあっと叫んだ。

「知っているのか」

「はい。染次さんです」

信吉の声は震えを帯びていた。文蔵が質問を始めた。

「染次はどこに住んでいるのだ?」

「阿部川町《あべかわちょう》の伊兵衛店《いへえだな》です」

「何をやっているんだ?」

「何をやっているのか、わかりません。おかみさんが駒形《こまがた》の料理屋で女中をしているので、その稼ぎを当てにしているようでした」

「おめえと染次の関係は?」

「あっしの兄弟子です。染次さんが『美都家』で板前をしていたとき、染次さんからいろいろ教わりました」

「染次はなんで『美都家』をやめたんだ?」

「五年前、酔っぱらって喧嘩をして手に大怪我《おおけが》をして板前をやめたんです」

「そのあとも付き合いはあったのか」

「へえ、『美都家』にいた頃は世話になったので。それに、包丁は持てなくなったんですが、舌はすごかったので」

「舌がすごいって何のことだ?」

「味見です。今でも、新しい料理を考えたとき、染次さんに味見をしてもらって意見を聞くんです」

「そんなに染次はいい腕の板前だったのか」

「ええ。酒さえ呑まなければと、残念でなりません」

「染次が殺されたわけに心当たりはないか」

「いえ」

「また酒を呑んで喧嘩をしたんじゃねえのか」

亮吉が口をはさむ。

「いえ、それはありません」

信吉は否定し、

「確かに板前をやめてからかなり荒れて、呑んだくれていました。でも、もともとおとなしく、争いごとが嫌いなひとでした。ですから、喧嘩などするはずありません」

「だが、五年前に喧嘩をしているじゃねえか」

亮吉が言う。

「あれは売られた喧嘩です」

「喧嘩には変わりねえ」

「でも、あのときだって、染次さんは手を出していないはずです」

「手を出していない？」

孝助は聞き咎《とが》め、

「喧嘩の原因はなんだったんですね」

と、きいた。

「わかりません。居酒屋で呑んでいたら、遊び人ふうの男がいきなり因縁《いんねん》をつけてきたそうです。俺は何もしていないのにって、染次さんは悔しがっていました」

「喧嘩相手はわかっているんですか」

「いえ、はじめての客で、居酒屋のご亭主もどこの誰かは知らなかったそうです」

「そうですか」

孝助は何かすっきりしなかった。

「よし、ごくろうだった。染次のかみさんにはこっちから知らせる」

文蔵が言い、

「また、ききに行くかもしれねえ」

と、付け加えた。

「へい」

染次が引き上げてから、

「孝助、阿部川町の伊兵衛店に行って、染次のかみさんを呼んで来い」

と、文蔵は命じる。

「へい」

「亮吉と峰吉は聞込みをかけろ。こんな昼間だ。誰かが見ているはずだ」

「わかりやした」

孝助はひとりで新堀川沿いを阿部川町に向かった。

通りがかりの者にきいて、伊兵衛店を探し、孝助は長屋木戸に入った。井戸端で洗濯をしていた女に声をかける。

「すまねえ、染次の住いはどこだえ?」

「こっちからふたつ目だよ」

女は手を休めて答える。

「ありがとうよ」

孝助は染次の住いの腰高障子《こしだかしょうじ》の前で息を整えてから戸を開けた。

「ごめんよ」

孝助は声をかける。

「はい」

三十ぐらいの細面の女が上《あ》がり框《がまち》まで出てきた。

「染次さんのおかみさんですか」

「はい。うちのひとに何か」

「驚かないで聞いてください。染次さん、亡くなりました」

「えっ？」

意味が摑《つか》めなかったように、女は怪訝《けげん》そうな顔をした。

「新堀端で、染次さんが死んでいるのが見つかりました」

「……」

「刃物で刺されていました」

「嘘《うそ》」

「どうか、お確かめくださいませんか」

「ほんとうにうちのひとなんですか」

「ええ、『美都家』の信吉という板前が確かめました」

女は片手を畳について倒れかけた体を支えた。はあはあと、息が荒くなった。

「だいじょうぶですかえ」

孝助は声をかける。

「落ち着いたら行きます」

「そうですかえ。では、新堀川に沿って浅草田圃《たんぼ》のほうに来てください。お待ちしています」

孝助は土間を出た。

戸障子の外に、洗濯していた女がいた。

「染次さん、殺されたんですか」

どうやら、聞き耳を立てていたようだ。

「いや、おかみさんに見てもらわなきゃはっきりしねえ」

今から騒がれても困ると思った。

「大家さんに知らせなきゃ」

女はもう決めつけていた。

染次のかみさんと長屋の大家がやって来たのは、孝助が現場に戻ってしばらく経ったあとだった。

文蔵がふたりを迎え、ホトケのそばまで連れて行った。かみさんは青ざめた顔で莚のそばに立った。小肥《こぶと》りの大家は厳しい表情で莚からはみ出た手を見ていた。

孝助が莚をめくった。

「おまえさん……」

かみさんが呟《つぶや》いた。

「染次に間違いないな」

文蔵が確かめる。

「染次です」

大家が応じた。

「誰が、うちのひとを……」

「下手人はまだわかってねえ」

文蔵は答え、

「染次が誰かと揉《も》めていたとか、誰かに恨まれたりしたとか、あるいは何か他人の秘密を知ってしまったとか、そういうことはなかったか」

　と、きいた。

「うちのひとは争いごとが嫌いでした」

　信吉と同じことを言う。

「何か気に病んでいたようなことは？」

「そう言えば……」

　かみさんは何かを思いだしたように目尻を濡《ぬ》らした顔を上げた。

「近頃、ときたまため息を漏らすようになりました」

「ため息？　どうしてだ？」

「わかりません。でも、何か屈託があったのかもしれません」

「想像は出来ないか」

「わかりません」

「染次は何をしていたのだ？」

「いろいろと……」

「いろいろとは？」

「ずっと以前から料理の本を出したいと言ってました」

「料理本？」

文蔵がきき返す。

「包丁を持てなくなっても、俺の舌は生きているというのが口癖でした、古来から今までの料理の移り変わりを残しておきたいのだと言ってました」

昨今は料理本がたくさん出版されている。『料理早指南』、『素人庖丁《ぼうちょう》』、『名飯部類』、『新撰《しんせん》庖丁梯《かけはし》』などだ。ほとんどが料理法と献立、それに料理に関して知っておくべきことを記している。

「どこかの版元から頼まれていたのか」

「はい」

「どこだ？」

「新黒門町《しんくろもんちょう》にある『升《ます》や』さんです」

「出版がだめになったってことはないのか。それで、塞《ふさ》ぎ込んでいたのでは？」

「そういう話は聞いていません」

「親分さん」

大家が口をはさんだ。

「染次を連れて帰りたいのですが」

「検死が済み次第、すぐ引き渡す。もうしばらく待て」

「はい」

「親分」

孝助は文蔵に声をかけ、

「『升や』に行って来ましょうか」

と、きいた。

「そうだな。ほんとにその仕事を頼んでいたのか聞いて来い」

「へい」

孝助は素早く行動をする。文蔵の信頼を得るためには、従順で、なおかつ手柄を立てなければならない。

孝助は下谷《したや》広小路《ひろこうじ》に向かった。

聞込みを続けている亮吉と峰吉の姿が遠くに見えた。

三

孝助は下谷広小路を突っ切り、新黒門町にやって来た。

『升や』は小さな店だった。店先に絵草紙《えぞうし》や浮世絵《うきよえ》が並んでいた。さっと見た限りでは、料理本は並んでいない。

「岡っ引きの文蔵の手先で孝助と言います。旦那はいらっしゃいますかえ」

店番の若い男に声をかける。

「旦那」

若い男は奥に呼びかけた。

すぐに鬢《びん》に白いものが目立つ痩《や》せぎすの男がやってきた。

「『升や』の主人の嘉右衛門《かえもん》です」

「文蔵の手先で孝助と言います。以前板前だった染次をご存じでいらっしゃいますか」

「知っています。染次さんに何か」

「殺されました」

「殺された？」

嘉右衛門はきき返す。

「へえ。昼前に新堀端で殺されているのが発見されました」

「……」

嘉右衛門は目を見開いたまま声にならない。

やがて、深いため息をついて、

「誰が、そんな真似《まね》を……」

と、呟いた。

「おかみさんの話だと、染次はこちらから頼まれて、料理本を作ることになっていたそうですね」

「はい。料理本とは少し違います。絵師の橘三幸《たちばなさんこう》さんに江戸料理番付を作ってもらうようにお願いしてあります。その手伝いを染次さんにしてもらっているんです。染次さんの舌はたくさんの味を見極めることが出来るということですので」

嘉右衛門は困惑しながら話す。

「手伝いですか。じゃあ、おかみさんには体裁よく話していただけなんですね」

孝助は呟いてから、

「何か、染次が揉め事に巻き込まれていることはありませんでしたか」

「いえ、染次さんは穏やかなひとでしたから、揉め事などないと思いますけど」

「たとえば、江戸料理番付で、下位に番付された店と揉めたとか？」

「まだ、番付は出ていません」

「じゃあ、こういうことは考えられますかえ。染次は料理屋に評価を上げてもらいたければ金を払えとか……」

「とんでもない。そんなことはしていません」

「言い切れるのですか」

「当たり前のことです」

「じゃあ、仮に染次がこっそりそうやって金を稼いでいても、わからないのですね」

「染次さんはそんなことをするようなひとではありません」

「相手からはどうですか。金を出すから、上位にしてくれということは？」

「ないと思います」

「もし、あったら？」

「もちろん、断ります」

「そのことで、相手が恨むということは考えられませんか」

「そんなことないと思います」

嘉右衛門は自信なげに答えた。

「そうですか。絵師の橘三幸さんの住いはどちらでしょうか」

「明神下《みょうじんした》です」

「わかりました。どうもお邪魔しました」

孝助は引き上げた。

御成道《おなりみち》から大名屋敷の間の道を入って、孝助は明神下にやってきた。

絵師の橘三幸は二階長屋に住んでいた。通いの婆《ばあ》さんに、取次ぎを頼むと、二階に上がれという。

孝助は梯子段《はしごだん》を上がった。

三幸は絵筆を握って机に向かっていた。机の周囲には下描《したが》きの絵が散乱していた。

「おそれいります」

孝助は声をかける。三幸は絵筆を握ったまま固まったように動かない。

「三幸さん」

孝助はもう一度呼びかける。

返事がないので、すぐそばまで行き、

と、大声を出した。

三幸は飛び上がって、顔を向けた。

大きな目を見開き、のっぺりした顔に赤みが差している。そばに酒の徳利《とっくり》があった。

「なんだ、あんたは？」

三幸は女のような細い声できく。

「あっしは岡っ引きの文蔵の手先で、孝助と申します」

「岡っ引きに用はない」

「染次を知っていますね」

「染次？」

すぐ頷《うなず》き、

「知っている」

と、答える。

「どういう間柄で？」

「手伝いだ。絵じゃねえ」

「料理番付を作るそうですね」

「そうだ。会席料理屋の番付だ。染次がどうした?」

「新堀端で殺されました」

「冗談はよせ」

「冗談ではありません」

「……」

三幸は口を半開きにしてぽかんとしていた。

「何か心当たりはありませんか」

「殺されたってのはほんとうなのか」

三幸は睨み付けるような顔できく。

「ほんとうです。おかみさんも顔を確かめました」

「……」

再び、三幸は押し黙った。

「何か心当たりはありませんか」

孝助はもう一度きく。

「ない」

三幸は首を横に振った。

「三幸さんは染次といっしょに料理屋で会席料理を食べ歩いているんですよね」

「そうだ。染次の舌はほんものだ」

三幸は強く言う。

「店のほうで、上位にしてくれと金を包まれたりしたことはありませんかえ」

「ない。俺たちが番付を作っているとは知らないからな」

「たとえば、染次がひそかにそういうことを口にして……」

「染次はそんなことをするような男ではない」

三幸は孝助の考えを打ち消した。

「仮の話ですが、もし染次がそういうことをこっそりしていたら……」

「ありえん」

三幸は一笑に付した。

「それより、染次の亡骸《なきがら》は長屋に帰っているのか」

「そろそろ帰る頃だと思います」

「そうか」

三幸は立ち上がった。

「染次の長屋へ？」

「いや、『升や』だ。今後の相談だ」

三幸は羽織を引っかけ、部屋を出た。孝助もいっしょに梯子段を下りる。

明神下を歩くと、すれ違うひとはみな三幸に挨拶していく。

「有名なんですね」

「有名だ。だが、絵のほうではなく食通のほうでな」

三幸は苦笑したが、すぐしんみりして、

「まだ、信じられぬ」

と、吐息をもらした。

新黒門町に向かう三幸と別れ、孝助は上野山下から稲荷町を経て新堀端に戻ってきた。

すでに染次の亡骸はなかった。かみさんが引き取ったのだろう。現場には文蔵たちはいなかった。

孝助が辺りを探していると、浅草坂本町《さかもとちょう》の自身番のそばに文蔵の姿を見つけた。亮吉と峰吉もいっしょだった。

「親分」

孝助は走って行く。

「おう、ごくろう」

文蔵は声をかけ、

「何かわかったか」

「へい。染次が料理本を出すのではなく、絵師の橘三幸が料理屋の会席料理番付を作るのを手伝っていただけのようです」

「会席料理番付？」

文蔵がきき返す。

「ええ。会席料理の味の順番に番付をつけるというものです。染次はやはり味見には定評があるそうで、橘三幸もそれを買っていっしょに料理屋を食べ歩いていたそうです」

孝助は聞いてきた話をする。

「料理屋のほうでも番付を上げてもらおうと無理しそうだな」

文蔵が言うと、すかさず亮吉が、

「親分、それですよ。やはり、染次は裏でこっそり何かをしていたんですぜ」

と、口をはさんだ。

「何かわかったんですかえ」

聞き咎めて、孝助はきいた。

だが、亮吉は口を開こうとしない。孝助を無視している。亮吉は露骨に孝助を毛嫌いしている。

「昨夜、東本願寺《ひがしほんがんじ》の前辺りで、羽織を着た男が染次に頭を下げているのを、染次と同じ長屋に住んでいる職人が見ていたそうだ」

峰吉が教えた。

「誰なんだ、その男は？」

孝助は峰吉の顔を見てきく。

「背中を見ただけで顔は見ていない、それに暗がりだったから、かろうじて染次の顔がわかったということだ」

「染次に何かを頼んでいたってわけか」

孝助は呟く。

「染次に頼みごとがあるとは思えねえ。かみさんや大家に確かめたが、他人から頭を下げられるようなものは何もないということだった。だが、番付を上位にしてくれと頼んでいたと考えられれば説明がつく」

文蔵は話した。

「ですが、橘三幸は否定してました。染次はそんなことをするような男ではないと」

孝助は異を唱えた。

「橘三幸の言うことが信じられるか。同じ穴の狢《むじな》かもしれねえ」

亮吉が片頬《かたほお》を歪《ゆが》めて言い、

「親分。あっしは『升や』と橘三幸に会い、会席料理屋を当たってみます」

と、勇んで言う。

「いいだろう。峰吉も手を貸せ」

「へい」

峰吉は応じる。

「孝助、おめえは何か他に考えがあるようだな」

文蔵がじろりと見て言う。

「いえ、何もありません。ただ、番付の件とは思えねえんです」

「なんでえ、他に当てもねえのに、こっちの考えにけちをつけたのか」

亮吉が厭味《いやみ》を言う。

「けちをつけたんじゃありませんぜ」

孝助は夢中で否定する。

「言い訳はいい」

「言い訳じゃあありません」

「じゃあ、なんだって……」

「おいおい、やめるんだ」

文蔵が呆れたように割って入り、

「孝助。おめえは今回はいい」

と、突き放すように言う。

「いいっていいますと？」

孝助はきき返す。

「今回の件は、亮吉に任せればいい」

「……」

孝助は文蔵には逆らえなかった。

亮吉が鼻で笑った。

「わかりやした」

孝助は引き下がった。

「じゃあ、親分。あっしは店に戻ります」

「ああ、ご苦労だった」

孝助は文蔵と別れたあと、もう一度『美都家』の信吉に会ってみようかと思ったが、あとで文蔵に知れたら、勝手な真似をしやがってと不興を買いそうだ。

孝助は聖天町の『樽屋』に戻ることにした。


途中、ふと思いだして、今戸に足を向けた。

今戸橋を渡って大川沿いをしばらく行くと、黒板塀の大きな料理屋が現われた。今は『鶴の家』という看板が出ているが、かつては『なみ川』という料理屋だった。塀の内側に見事な枝振りの松が見える。子どもの頃、あの松の枝に乗ったり、ぶらさがったりして、遊んだものだ。

料理屋は京都から生まれた。京都の東寺《とうじ》の門前で茶を売る立売茶が、やがて小屋掛けをして店を張り、茶屋へと発展していく。

天正《てんしょう》十年（一五八二）の記録には、清水寺《きよみずでら》や祇園社《ぎおんしゃ》の辺りに酒飯を振る舞う茶屋があったとある。料理茶屋の前身となる門前の茶屋である。

また、京都円山《まるやま》辺りでは時宗《じしゅう》の寺院が料理茶屋に変化をしていった。精進料理、懐石、そして会席料理と京都には歴史に刻まれた料理屋があった。江戸時代中期になって、京都にはさらにたくさんの料理屋が誕生した。

そのひとつに、孝助は修業に行ったのである。江戸に帰った暁には、『なみ川』を会席料理の店にする。その夢のために、厳しい板前修業を続けてきたが、それも何者かの手によって奪われたのだ。

『なみ川』で食中りが起きたときの板前が千吉《せんきち》だった。腕は一流だった。何を食べて食中りを起こしたのかも、当時の奉公人にきいても誰も知らなかった。なにより、不思議なのは、死んだ客は『なみ川』にはじめて上がった客だ。やくざ者らしいふたりの男で、博打で大勝ちして『なみ川』にやって来た。そのふたりが食中りで死んだ。ふたりの名も誰も知らなかった。

だが、その後の調べで、いくつかわかってきた。

十三年前、深川の有名な料理屋『平松《ひらまつ》』で食中りがあった。が、実際はふぐの中毒だった。

ある藩の留守居役が寄合でふぐを『平松』の板前に料理させた。それを食べて、何人かが苦しみ出した。

食することを禁じられているふぐを食べたことを秘するために、留守居役たちは料理屋の主人と示し合わせて、食中りということにしたのだ。とくに、毒に当たった留守居役の藩はふぐを食べたら処罰という厳しい掟《おきて》があったという。だから、秘密にしなければならなかったのだ。

だから、このことは『平松』の奉公人は誰も知らなかった。食中りに関《かか》わっていたのはごく一部の人間だけだった。

このふぐの調理をしたのが亀二《かめじ》という板前だった。亀二は『平松』をやめさせられ、本所石原町の『およし』という呑み屋で板前になった。

ところが、二年後に『なみ川』で食中りが起きた。このとき、食中りで死んだとされるふたりの男は『およし』の客だった。『およし』には岡っ引きになる前の文蔵も客で来ていたのだ。

『なみ川』の食中りは実際はふぐ中毒だったと思われる。だが、『なみ川』はふぐは出さない。何者かが外から持ち込んだのだ。

『およし』の板前だった亀二はてんぷら屋台をはじめたが、その元手が『鶴の家』の主人から出ているらしい。『鶴の家』を開くために何か手柄があったのだ。

こういう一連の流れから、何かが見えつつあった。

だが、『およし』の主人が『なみ川』を手に入れるためにふたりを殺すことまでするだろうかという疑問が残る。

そこで注意が行くのがいっしょに食中りで死んだ諸角《もろずみ》家江戸家老の渡良瀬惣右衛門《わたらせそうえもん》のことだ。

誰が何のために、渡良瀬惣右衛門を殺さねばならなかったのかわからないが、すべては惣右衛門を殺すために仕組まれたことだったに違いない。それも事故という形でだ。殺しだとわかれば、いろいろな憶測を呼ぶ。

そこで、選ばれたのが本所石原町で小さな呑み屋をしていた男だ。

家老を殺すために、なんら関わりのない人間を殺し、『なみ川』まで犠牲にした。

孝助がじっと松の木を見つめて怒りを鎮めていると、背後にひとの気配がした。

孝助が振り返ると、浪人の越野十郎太《こしのじゅうろうた》が立っていた。細身の体に継ぎをあてたよれよれの単衣《ひとえ》の着流し。刀を落とし差しにし、長年の浪人暮らしを物語るように武士の矜持《きょうじ》は見られない。

ただ、涼しげな目許《めもと》に気品のようなものは窺《うかが》えた。十郎太も孝助と同じ目的で動いている仲間だった。

「ここにいたのか」

十郎太がほっとしたように言う。

「探してくれていたんですかえ」

「『樽屋』に行ったら、出かけていると言うのでな。念のためにここに来てみたのだ」

「何か」

「いや……」

十郎太は曖昧《あいまい》に言い、『鶴の家』に目を向けた。

『なみ川』の食中りで家老の渡良瀬惣右衛門が死んだ件は食中りだったという不面目を慮《おもんぱか》って内密にされた。

だが、そのひと月後、十郎太の父親は上屋敷に近い三味線《しゃみせん》堀《ぼり》で何者かに闇討《やみう》ちに遭い、落命した。十郎太の父親は殿のお供で江戸に赴いていた。

二年前、国表で父親と親しい方が亡くなったが、臨終の前に十郎太を枕元《まくらもと》に呼び、そなたの父上は『なみ川』の件で口封じをされたと語った。

それがきっかけで、十郎太は真相を突き止めるために浪々の身になって江戸に出て来たのだ。

渡良瀬惣右衛門が『なみ川』に何のために、そして誰と行ったのかは不明である。そして、なぜ、殺されたのか。父は何を知っていて口封じをされたのか。十郎太はそのことを調べるために、この地にやって来たのだ。

「今度、『鶴の家』で大食いの会が催されるようです」

孝助は『鶴の家』に目を向けて言う。

「大食い?」

十郎太が目を見張った。

「ええ、『なみ川』では信じられません。父は絶対にそんな大食いなんて許さなかったでしょう」

「明日の飯にも困るひともいるというのに、大食いか」

十郎太も不快そうになった。

「それはいつだ?」

「来月だそうです。札差『十字屋』の大旦那が還暦の祝いにやるということです。場所を提供するのは『鶴の家』ですが、元は『なみ川』なんです。『なみ川』で、そんな下品なことをされたら父に顔向け出来ません」

孝助は怒りを抑え、

「十郎太さん、その後何かわかりましたか」

「うむ」

十郎太の表情が翳《かげ》った。

「最近、殿が若殿を遠ざけているという話をしたな」

「ええ、若殿の気性だということでした。若殿が下僕を木剣でなぶり殺しにしたり、別の家来の片目を短剣で突いて失明させたりしたと……。でも。あっしは信じられません。まだ、十四歳でしょう。そんな非道なことが出来るなんて考えられませんから」

諸角土佐守《とさのかみ》宗久《むねひさ》の世嗣宗千代《むねちよ》は今十四歳。聡明な子として家臣の期待を一心に集めていると最初十郎太は言っていた。

そのことを言うと、

「確かに聡明なお方だ」

「だったら、何ら問題ないではありませんか」

「だが、亡くなった御家老は世継ぎに反対していたようだ。だから、宗千代君を推す勢力がご家老を食中りに見せかけて殺したのだ」

「なぜ、ご家老が世継ぎに反対だったのか。十郎太さんは何か摑《つか》んでいるのではありませんか」

「……」

「どうなんですか」

「孝助。じつは俺に帰参の話があるのだ」

唐突に、十郎太が言った。

「帰参？　諸角家に帰参するということですか」

「そうだ」

「ひょっとして、話を受けるつもりでは？」

十郎太の曇った表情から、孝助は察してきいた。

「……」

また、十郎太は黙った。

「十郎太さん、何かあったのですね。何があったのですか」

孝助は問い掛ける。

「近習頭《きんじゅがしら》の青井《あおい》彦四郎《ひこしろう》さまが腹を召されたのだ」

十郎太は答える。

「そのことと十郎太さんの帰参にどんな関わりが？」

「俺が自害に追い込んだのだ」

「十郎太さんが自害に？」

孝助ははっとした。

「もしや、ご家老と十郎太さんのお父上を殺したのは、その青井さまでは？」

「……」

十郎太から返事はない。

「そうなんですね」

「そうだ」

一拍の間を置いて、十郎太が答えた。

「なぜ、ご家老とお父上を殺したのですか」

「孝助。これ以上は話せぬのだ」

「そんな」

孝助は唖然とした。

「すまぬ」

十郎太は頭を下げて、踵《きびす》を返した。

「十郎太さん、あっしはひとりでもやりますぜ」

背中に声をかけた。

十郎太は途中で立ちどまった。だが、振り返ることなく、そのまま立ち去った。孝助は茫然《ぼうぜん》と見送った。

四

ふつか後の朝、孝助は起き上がり、階下に行った。

孝助は『樽屋』の二階に住み込んでいる。喜助は一階に住んでいる。喜助は六年前にかみさんを亡くし、ひとり暮らしだった。

顔を洗ってから、孝助は勝手口から出て待乳山聖天《まっちやましょうでん》に行った。

待乳山聖天は十一面観音菩薩《じゅういちめんかんのんぼさつ》の化身である大聖歓喜天《だいしょうかんぎてん》を祀《まつ》ってあり、身体丈夫と夫婦和合一家繁栄を表す大根をお供えしている。

待乳山は小高い丘の上にあるので、大川を一望出来る。月の名所で、都鳥も見ることが出来るので文人墨客《ぶんじんぼっかく》や風流人をはじめ、多くのひとが詰めかける。

だが、早朝はひとはまばらだ。孝助は毎朝、聖天さまに『なみ川』再興の願掛けをしているのだ。

手を合わせながら、孝助は真相の解明まであと一歩のところに来ていることを感じていた。

だが、この期に及んで、思いもかけないことになった。父親の死の真相を探っていた十郎太が脱落したのだ。

十郎太は真相に気づいたのかもしれない。それで、心変わりをしたのか。

十郎太は毎晩、『樽屋』の小上がりの一番奥に座った。他の客はそこを十郎太のために空けてあった。

だが、一昨日、昨日とその場所は空いたままだった。帰参を決めたことで、孝助に合わす顔がなかったのだろうか。

ひょっとして……。孝助ははっとして、急いで待乳山聖天を飛びだした。

聖天町の十郎太の長屋に駆け込んだ。路地に納豆売りが来ていて、長屋の住人が集まってきていた。その中に、十郎太の姿はなかった。

十郎太の住いの腰高障子の前に立ったとき、不安が押し寄せた。

孝助は戸を黙って開けた。天窓からの明かりが土間を照らしていて、がらんとした部屋が目に飛び込んだ。

「十郎太さんは昨日引っ越して行きましたよ」

背後から女の声がした。隣の大工のかみさんだ。

「ずいぶん急だったんですね」

「ええ、あたしたちもびっくりして」

かみさんが表情を曇らせ、

「寂しくなるわ」

と、呟いた。

「どこへ行くと？」

「帰参が叶《かな》ったと言っていたけど」

「そうですか」

孝助はため息をついた。

「でも、十郎太さんのためにはよかったんだから喜んでやらないとね」

「そうですね」

孝助は挨拶をして引き上げた。

十一年前の事件の真相を孝助に語ることなく、十郎太は去って行った。

「十郎太さん、冷たくないか」

孝助は思わず声に出していた。

悄然《しょうぜん》と『樽屋』に帰り、勝手口から入る。お付けの匂《にお》いがしていた。喜助が朝餉《あさげ》の支度をしていた。

「とっつあん。すまねえ」

孝助はあわてて言う。

「いいってことよ。それより、どうした、顔色が優れねえようだが」

喜助が心配そうにきいた。

「十郎太さんがもう長屋にいなかった。昨日、出て行ったらしい」

「そうか。もう出て行ったのか」

十郎太の帰参の話は喜助にしてあった。

「近習頭の青井彦四郎というお侍が自害したことが関係しているらしいが、十郎太さんは何も教えてくれなかった」

「教えられない何かがあったんだろう」

「それはなんだろう」

「青井彦四郎が死んで、十郎太にとっては気持ちの区切りがついたんじゃねえのか」

「ご家老と十郎太さんの父上を殺したのは青井彦四郎らしい」

「そうなのか」

喜助は驚いたようにきいた。

「十郎太さんが、認めたんだ。でも、なぜ青井彦四郎がそんな真似をしたのかわからねえ。十郎太さんは教えてくれなかった」

孝助は悔しそうに言う。

「そのことだが、世継ぎ争いではないと言ってたな」

「そうだ。土佐守さまの子の宗千代君は今十四歳。弟の宗若《むねわか》君は七歳だそうだけど、十一年前は宗千代君だってまだ三歳だった。宗若君は誕生していない。だから、世継ぎ争いが起こるはずないんだ」

江戸家老の渡良瀬惣右衛門の不審死は御家《おいえ》騒動、つまり世継ぎ問題のためだとは思えないのだ。

「ただ、渡良瀬惣右衛門は宗千代君の世継ぎに反対していたようだ。だから、宗千代君を推す勢力がご家老を食中りに見せかけて殺したのだと、十郎太さんは言っていた。でも、なぜ、渡良瀬惣右衛門が反対していたのかわからねえ。そこに青井彦四郎がどう絡んでくるのかもわからねえ」

「そこよ」

喜助は顎《あご》に手をやった。

「とっつあん。何か気づいたのか」

孝助は喜助の顔を覗き込む。

「最近、殿さまが宗千代君を遠ざけているって話をしていたな」

「そうだ。若殿が下僕を木剣でなぶり殺しにしたり、別の家来の片目を短剣で突いて失明させたりしたと、気性に問題があると。でも、俺は信じねえ」

「それはこじつけの理由に過ぎねえ。だが、殿さまは宗千代君に跡を継がせるのがいやなのだ」

「なぜ、なんだ？」

孝助はきく。

「殿さまには他に女に生ませた子がいるのではないか。その子に継がせたくて……」

「でも、とっつあん。側室の子なら、当然家臣は知っているんじゃねえのか。仮に十一年前は隠していたとしても、今は知られているはずだ」

「いや、側室ではない。城下の町娘に生ませた子がいるんだ」

「そうだったら、その娘を側室にするんじゃないのか」

「そうよな……」

喜助は苦笑し、

「いい考えだと思ったんだが」

「今、世継ぎはどうなったのだろうか」

孝助は考えた。

十一年前の家老殺しは世継ぎの件とは無関係だったのかもしれない。だが、最近になって、殿さまは弟の宗若君を世継ぎに考えるようになったのだろうか。

「まあ、ともかく、飯を食おう」

「そうしよう」

孝助は喜助と朝餉の膳に向かった。


食い終わって、茶を飲んでいると、峰吉がやってきた。

「どうした？」

峰吉の浮かない顔を見て、孝助はきく。

「うまくいかねえ」

「染次殺しの探索か」

「そうだ。『升や』と橘三幸に会い、それから会席料理屋を当たったけど、番付を作るって話はそれほど会席料理屋に知られていねえ。それどころか、あんまり、見向きもされていねえ」

「見向きされてねえとは？」

「『升や』と橋三幸が作る番付にはあまり関心がないようなんだ。だから、番付を上位にしてやるから金寄越せといっても相手にされねえってことがわかった」

「そうか」

「それで、改めて『美都家』の板前の信吉に話をききに行ったけど、何も手掛かりはつかめず、お手上げだ。亮吉兄いは荒れて、俺に当たり散らすんだ。いい迷惑だ」

峰吉は口許《くちもと》を歪めた。

「じゃあ、今は目星は？」

「何もねえ。親分は孝助を呼ぶしかないかと言っていた。だから、亮吉兄いは焦っているんだ」

「そうか」

「親分が孝助を呼び出せと言ったら、亮吉兄いがこの件はあっしがやりますって親分に頼み込んだんだ。じゃあ、三日やるから、それまでに目鼻をつけろって」

「……」

「三日過ぎたら孝助を呼ぶと親分が言ってます」

孝助は心配になった。亮吉は焦って、下手人の取り違えをしないか。そのことが気になった。

「峰吉」

　孝助は呼びかけ、

「くれぐれもなんでもねえひとを下手人扱いにしないように、亮吉兄いを見張るんだ。焦って下手人の取り違えをしたらたいへんだ」

「わかった。じゃあ、あっしはこれで。ここに来たことを知られたら、またこっぴどく叱《しか》られる」

　そう言い、峰吉は引き上げた。

「とっつあん、ちょっと出かけてきたいんだが」

　孝助は喜助に言う。

「ああ。こっちのことは心配するな」

「すまねえ、ちょっと出かけてくる」

「うむ、行ってこい」

　真相を摑むために、文蔵の信頼を勝ち取らねばならない。喜助はそのことをよく知っているのだ。

「じゃあ、行ってくる」

　孝助は『樽屋』を出た。

池之端仲町にある『美都家』にやってきた。

大きな門を入ると、先日の女中がたすき掛けで竹箒《たけぼうき》を持って掃除をしていた。

「すまねえな。俺は文蔵の手先の孝助だ」

「はい」

竹箒を動かす手をとめ、こっちを見た。

「板前の信吉さんを呼んでもらいたいんだ」

「さっき魚河岸から帰ってきたみたいです」

女中はそう言い、

「ちょっとお待ちを」

と、勝手口のほうに向かった。

いくらも待たずに、信吉がやってきた。

「すみませんね、忙しいのに」

孝助は声をかける。

「いえ」

「あっしの兄貴ぶんの亮吉という文蔵親分の手下が来たと思いますが」

「ええ、来ました。向こうへ」

信吉は女中の耳に入らないように場所を移動した。

「染次さんを殺した下手人はまだわからないそうですね」

信吉が立ちどまって口を開いた。

「ええ。染次さんが会席料理屋の番付を作ろうとしていたことは知っていましたか」

「ええ」

「亮吉兄いがそのことで何かきいていたと思いますが？」

「私は詳しいことは知らないとお答えしました」

「そうですか」

「でも……」

信吉は表情を曇らせた。

「でも、なんですね」

「会席料理屋の番付っていうことですが、実際は板前の番付なんです」

「板前の番付？　どういうことなんですかえ」

孝助は問い返した。

「染次さんは板前だったせいか、板前の名声を高めたいという思いがあったんです。

『升や』と橘三幸さんは会席料理屋の番付と考えていたようですが、染次さんは板前の番付にしようとしていたのです」

「板前の番付……」

　孝助は戸惑った。

　確かに、板前の地位を高めたいという思いからだろうが、しかし、板前を前面に押し出してどうなるのか。

「でも、『升や』と橘三幸さんは会席料理屋の番付を作るつもりではないのですか。染次さんが勝手に変えることは出来ないでしょう?」

「ですから、会席料理屋の名前と板前の名を並べて載せるそうです。そうやって、板前の名を売り出そうとしていたのです」

「どうして信吉さんは、そのことを知っているんで? 昔馴染《むかしなじみ》みの縁で、教えてくれたってことですか」

　孝助は疑問を口にした。

「いえ、そうじゃありません。たぶん、染次さんは各料理屋の板前さんにそういう話を持ちかけていると思います」

「えっ?」

孝助ははっとした。

料理屋の主人には告げずにいた番付のことを、染次は板前には話していた。では、板前に番付を上位にして欲しければ金を出せと要求したのだろうか。

しかし、板前からではたいした額はとれないではないか。それほどうまみがあるとは思えない。

「その板前の番付の件が、殺しに結びつくと思いますかえ」

「とんでもない。そんなことで殺しなど……」

信吉は首を横に振った。

「そうですね」

やはり、別の理由があるのだと思った。

「ところで、この板前の番付の話を亮吉兄いには話したんですかえ」

「いえ」

信吉は顔をしかめて言う。

「話してないんですかえ」

「ええ、きかれませんでしたから。あのひとと話していると不愉快なので、きかれたことしか話しません」

「そうですか。すみません、いやな思いをさせて」

「あなたのようなひとがあんな文蔵のような岡っ引きの手下になっていることが不思議でなりません」

信吉は少し皮肉っぽく言い、

「これは失礼」

と、あわてて謝った。

「いや。これにはいろいろ事情がありましてね」

孝助が自嘲《じちょう》ぎみに答えたとき、さっきの女中がやって来た。

「信吉さん。板場で呼んでいますよ」

「わかった」

信吉は応じる。

「じゃあ、あっしは引き上げます」

孝助は礼を言い、信吉と別れた。

染次の狙《ねら》いは料理屋の番付ではなく板前の番付だったという。染次は板前の地位の向上を狙ってのことだというが、ほんとうにそうだろうか。

そんなことを考えながら稲荷町から菊屋橋《きくやばし》までやって来たとき、

「孝助さん」

と、後ろから声をかけられた。

孝助は立ちどまって振り返った。

「峰吉じゃねえか。おや、ひとりか」

辺りに目を配ったが、亮吉の姿はなかった。

「ひとりだ」

峰吉は答え、

「阿部川町の染次のかみさんに会って来たところだ」

と、言った。

「何かあったのか」

「染次が殺されたことで何か思いだしたことがないかをききに行ったんだ。なにしろ、番付を作るって話が関係ないとわかって亮吉兄いは荒れているんでね」

「そのことだが」

孝助は信吉の名を出すのを憚《はばか》り、

「ちょっと思ったんだが、料理屋の主人には話していないかもしれないが、もしかしたら板前に話しているかもしれない」

「どういうことだぇ？」

「会席料理屋の番付ってことは、とりもなおさず料理人の腕ということだ。染次はもともと板前だったんだ。だから、板前には番付の話をしているんじゃないかと思ってな」

「なるほど」

「念のために、どこか大きな料理屋の板前に当たってみたらどうだ?」

「そうだな」

峰吉が表情を輝かせ、

「いいことを聞いた。礼を言うぜ、孝助さん」

「待て」

孝助は行きかけた峰吉を呼び止めた。

「今のことは峰吉が自分で考えたことにしてくれないか。俺が思いついたと言ったら、亮吉兄いは反発するかもしれないんでね」

「わかった。でも、いいのかえ、俺が考えついたってことで。もしかしたら、手柄は俺になるかもしれないぜ」

「いいってことよ」

「ありがてえ」

峰吉は勇んで文蔵のところに駆けて行った。

もし、これで下手人が探し出せたら、じつはあれはあっしがと、打ち明けるつもりだ。峰吉には申し訳ないが、文蔵の信頼を勝ち取るためにはやむを得ないことだと、孝助は自分に言い聞かせた。

第二章　脅迫状

一

その日の夕方、おたまが暖簾《のれん》を出したと同時に客がふたり入ってきた。板場から覗《のぞ》いて、孝助はおやっと思った。

新黒門町にある『升や』の主人嘉右衛門と、絵師の橘三幸だった。

「この店の自慢の大根飯をもらいましょう」

小上がりに向かい合って座り、嘉右衛門がおたまに声をかけた。

「お酒はよろしいのですか」

おたまがきく。

「ああ、いらない」

いきなり、大根飯を注文する客はほとんどいない。どこぞで、一杯やって来たようだ。

孝助は大根飯にしじみを醬油《しょうゆ》で煮込んだ出し汁をかけて仕上げた。おたまが大根飯を運ぶ。

嘉右衛門は一口すすったとき、

「おう、これはうまい」

と、褒《ほ》めた。

「うむ。出し汁と大根飯のさっぱりした味とが絶妙に絡んでいる」

橘三幸はそう言い、その後はふたりとも黙ってほおばっていた。

「うまかった。これで『鶴の家』の……。よそう、悪口は」

橘三幸が箸《はし》を置いて言う。

「ちょっと板前さんを呼んでくれないか」

その声に孝助は少し戸惑った。ふたりには文蔵親分の手先として会っているのだ。

おたまが呼びにきた。

「孝助、行って来い」

喜助が勧める。

「じゃあ」

襷《たすき》を外し、孝助は板場を出た。

「おまえさんが板前？」

嘉右衛門が不思議そうな顔をし、

「どこかで会ったことがあるな」

と、首を傾《かし》げた。

「わしもある」

三幸も目を見開いた。

「へえ、じつは染次さんの件でお会いしました」

孝助は正直に答える。

「そうだ、あんときの……」

ふたりとも思いだしたようだ。

「これが本職か」

嘉右衛門がきく。

「そうです。捕り物は手の足りないときに加わるだけでして」

「そうかえ。ところで、この大根飯はおまえさんの？」

「へえ、しじみを醬油で煮込んだ出し汁の味を考えました」

「いや、結構」

嘉右衛門が答える。

「どこで修業を？」

三幸がきく。

「上州の呑《の》み屋を転々としてきただけです」

「いや。味に品がある。居酒屋で覚えた味ではない。染次がいたら、べたぼめしただろうな」

「染次さんは味覚が鋭かったそうですね」

「ああ、奴《やつ》の舌は絶品だ」

三幸が応じたが、すかさず、

「おまえさんの舌もたいしたものだ。これだけの絶妙な味を出せるんだ」

そこで喜助が出てきて、

「こいつはしばらく京で修業してきたんですぜ」

と、自慢げに言う。

「それで腑《ふ》に落ちた。京はどこだ？」

嘉右衛門が孝助に顔を向ける。

「三条大橋の袂《たもと》にある料理屋です」

「なるほど、京で腕を研《みが》いてきただけのことはある」

三幸が大きく頷《うなず》く。

「お待ちくださいな。京で修業したことはほんとうですが、一人前になる前にある事情からそこをやめてしまいました。ですから、板前としても半端者です」

孝助はあわてて答える。

「京には仕出し料理と呼ばれるものがあるそうだが」

嘉右衛門がきいた。

「ええ、茶の湯の席に懐石の料理を届けたり、一般の商家でも冠婚葬祭だけでなく、ふつうのときでも仕出しを利用しています。出来たものを運ぶのではなく、客の台所を使って料理をするのです」

「なるほど」

嘉右衛門が頷く。

「嘉右衛門さん、手伝ってもらおうか」

三幸が嘉右衛門にきいた。

「それがいい」

嘉右衛門も応じる。

また客が入ってきて、賑《にぎ》やかになってきた。

「じゃあ、どうぞ、ごゆるりと」

孝助が行きかけると、

「待ってくれ」

と、三幸が呼び止めた。

「おまえさんに手伝ってもらいたいことがあるんだ」

「手伝い？」

「『美都家』の会席料理をいっしょに食べてもらえないか」

「どういうことですかえ」

「私たちは料理屋番付を作っているんだ。私たちは食通を自負しているのだが、微妙な味の差がわからない。今までは染次さんにお願いしていたのだが……」

「あっしには出来ません」

「いや、出来る。この味を出せるんだ。どうだね」

「いえ、あっしには……」

断ったとき、ふと思いだした。

「最前、これで『鶴の家』の……、と言いかけましたが？」

「ああ、そのことか」

嘉右衛門が苦笑し、

「ここに寄る前、『鶴の家』の会席料理を食べてきたのだが、これがどうも」

「あれはいけない。料理も拙《まず》いが、配膳《はいぜん》もなってない。料理と料理の間が長すぎる。やっと出てきたものは冷めていたり……。あそこは会席料理のなんたるかがわかっていない」

三幸が憤然とし、

「食った気がしないので、『樽屋』の大根飯を思いだして寄ってみたってわけだ」

「『鶴の家』はもう会席料理をはじめたんですかえ」

『鶴の家』での大食いの会での最後が会席料理だと千代丸が言っていたから、会席料理をはじめるつもりなのだとは思っていたが……。

あのような事件がなければ、『なみ川』で孝助が会席料理をはじめていたはずなのだ。そのことを思うと、悔しい思いがする。

「だが、あれではだめだ」

嘉右衛門が言下に否定する。

「何がだめなのですか」

孝助はきく。

「料理ひとつずつの味はふつうだ。うまくもない代わりにまずくもない。だが、あそこの主人には料理というものがわかっていない。だいぶ、騒々しくなったな」

嘉右衛門は顔をしかめた。客が増え、騒々しくなってゆっくり話をしていられなくなった。

「『美都家』にごいっしょさせていただきます」

つい、孝助は口にした。

「そうかえ、助かる。じつは深川にある『みずの家《や》』と並び評される『美都家』が後回しになってね」

「なぜ、『美都家』が後回しに？」

「染次が『美都家』にいたからだ。公平な味比べは出来ないと、断り続けていたのだ。だが、おまえさんがいてくれて助かった」

三幸がほっとして言う。

「じゃあ、明後日《あさって》の昼、『升や』に来てくれないか」

嘉右衛門は言い、腰を上げた。

嘉右衛門と三幸を見送って板場に戻ると、喜助が声をかけた。

「『鶴の家』で会席料理をはじめたのか」

「そのようですね」

孝助は襷をかけながら答える。

「ふたりはまずいと言っていたようだが、板前の腕のせいだけじゃねえな。本所で小さな呑み屋をやっていた男に料理のことがわかるはずない」

「でも、誰《だれ》か料理を知っている者が助言すれば、大きく改善されるでしょう」

「いや、性根の腐った者には無理だ」

孝助の言葉を喜助は即座に否定した。

店は賑やかだった。近所の隠居に法被《はっぴ》の職人、商人、日傭《ひようと》取り、駕籠《かご》かき、棒手振《ぼてふ》り、大道易者など二十人近い客がいるが、小上がりのいつも座っていた場所に十郎太の姿はなかった。

諸角家江戸家老の渡良瀬惣右衛門が食中《しょくあた》りに見せかけられて殺され、後日その真相を知ったと思われる十郎太の父親が闇討《やみう》ちに遭った。十郎太はその真相を摑《つか》むべく、この地にやって来たのだ。

だが、突然帰参が叶《かな》ったと言って、孝助に別れを告げた。十郎太は真相を摑んだものと思える。だが、そのことを孝助に言おうとしなかった。

十一年前、『なみ川』で起きた食中り事件の真相は大方想像がついている。

本所石原町の小さな呑み屋『およし』では板前の亀二が働いていたが、この亀二は『平松』がふぐ中毒事件を起こした際の板前のひとりだった。そして、この店には文蔵も客で来ており、『なみ川』で死んだふたりの遊び人ふうの男も客だった。

一方、諸角家でも江戸家老の渡良瀬惣右衛門を事故という形で殺さねばならない事情があった。

その諸角家に関《かか》わる何者かが『およし』の主人と通じていて、両者の思惑《おもわく》が一致して食中り事件を起こした。渡良瀬惣右衛門の死に不審を持たれなかったのは、別の客ふたりも死んでいるからだ。

『およし』の主人は『なみ川』を安く手に入れ、『鶴の家』の主人道太郎《みちたろう》としていい気になっているのだ。

しかし、その証《あかし》がない。鍵《かぎ》は文蔵だ。文蔵から真相を聞き出すしかない。

ただ、わからないのが、なぜ江戸家老の渡良瀬惣右衛門を殺さねばならなかったかということだ。このことは十郎太は知っているはずだ。

明日、諸角家の上屋敷に行ってみようと思った。

翌朝、峰吉が『樽屋』にやって来た。

「どうした？」

また、峰吉は浮かない顔をしていた。

「どうやら、また探索もだめだったようだな」

孝助は同情して言う。

「そうじゃねえんだ」

峰吉は首を横に振る。

「どういうことだえ？」

孝助はいぶかった。

「染次が板前番付を作ろうとしているんじゃねえかと話したら、亮吉兄いはその気になって深川の料理屋の板前からきいてまわったんだ。そしたら、『みずの家』の板前が染次からその話を聞いたことがあるって言うんだ。それで、料理屋の板前を当たっていたら、入谷《いりや》にある『大泉屋《おおいずみや》』の益次郎《ますじろう》って板前と染次が言い争っていたという話を耳にしたんだ」

峰吉は息継ぎをし、

「それで益次郎に会ったら、態度がおかしいんだ」

「態度がおかしい？」

「染次と揉《も》めていたらしい」

「なんで、揉めていたのか言わないのか」

「黙っているんだ。それから、染次が殺された日の昼前、染次が『大泉屋』に益次郎を訪ねていることがわかったんだ。染次は『大泉屋』の帰り、入谷田圃《たんぼ》を抜けて新堀端までやって来て殺された」

「なるほど、それならあの場所で殺されたのも説明がつくな」

　孝助は頷く。

「だから、亮吉兄いは益次郎を下手人と決めつけ、とっ捕まえて口を割らそうと親分に訴えているんだ」

「そうか。だが、峰吉は益次郎ではないと」

「益次郎って男は二十七、八で、色白の華奢《きやしや》な男なんだ。とうてい、ひと殺しなんて出来そうもない」

「親分は？」

「乗り気だ。ただ、染次と揉めていたわけを探ってから捕まえるということで、きょうも、これから益次郎の周辺を調べることになっている」

「それを調べれば、益次郎が下手人かどうかわかるんだ。なに、そんなに浮かない顔をしているんだ」

「亮吉兄いは焦っているんだ。だから、心配なんだ」

「俺に妙に張り合おうとしているからな」

「そうなんだ。それに、これは俺が言いだしたことからはじまっているんだ。染次と板前番付のことは……」

「益次郎がシロだったら、板前番付のことは俺が最初に言いだしたんだと言えばいい。俺の見方が間違っていたとなれば、亮吉兄いは溜飲《りゅういん》を下げるかもしれない」

「いいのか、孝助さんの名を出して」

「もちろんだ」

「ありがてえ」

峰吉の表情が急に明るくなった。

「じゃあ、俺はこれで」

「現金な奴だ」

孝助は苦笑した。

それから半刻《はんとき》（一時間）後、孝助は阿部川町を経て三味線堀の近くにある伊予《いよ》諸角家十万石の上屋敷の前までやって来た。

長屋門の門番所に向かい、門番の侍に、

「おそれいります。聖天町の『樽屋』の孝助と申します。越野十郎太さまにお会いしたいのですが」

と、頼んだ。

「越野十郎太だと。そのような者は当家にはおらぬ」

小肥《こぶと》りの侍が撥《は》ねつけるように言う。

「こちらは伊予諸角さまのお屋敷では」

「そうだ」

「最近、帰参が叶ったと仰《おつしや》っておりました」

「そのようなものはおらぬ。さあ、帰れ」

門番は冷たく突き放した。

「しかし」

「くどい」

門番は大声を張り上げた。

「失礼しました」

孝助は悄然《しょうぜん》と引き上げた。

それでも途中立ち止まり、表長屋を振り返った。二階家の長屋が続いている。ふと長屋の真ん中辺りの連子窓《れんじまど》にひと影が見えた。

じっとこっちを見ている。十郎太ではないか。孝助は駆けよろうとしたが、ひと影は消えていた。

しばらく三味線堀の辺にある柳の陰から門を見ていたが、十郎太らしき侍が出て来る気配はなかった。

諦めて、『樽屋』に帰った。

「いないと追い返された」

孝助は喜助に話した。

「十郎太さんが嘘《うそ》をついたのか」

「さあ」

ふと、孝助は思いだした。

「とっつあん。確か、昔『なみ川』に諸角家の留守居役が来ていたと言っていたね」

「ああ、来ていた。柴田金右衛門《しばたきんえもん》さまという当時三十歳ぐらいで温厚なお方だった」

「柴田金右衛門さまだな。今も留守居役でいるんだろうな」

「そりゃ、いるだろう」

「『なみ川』の人間だったと言えば、会ってくれるかな」

「どうかな。十一年前だ」

「食中り騒ぎがあったとき、柴田さまはご家老といっしょではなかったのか」

「違うようだ。いっしょにいた侍は家老の亡骸《なきがら》をそのままにして屋敷に知らせに行ったんだ。代わりに、柴田さまが駆けつけ、家老の亡骸を急いで屋敷に連れ帰った。柴田さまはまずお家《いえ》の体面を慮《おもんぱか》って後始末をされたようだ」

「そのとき、父も手を貸しているのだね」

「そうだ。柴田さまの頼みを聞き入れた。だが、他にも客がふたり死んでいたから、表沙汰《おもてざた》になった。死んだのが家老だけだったら、もみ消せたかもしれないな」

「死んだのが家老だけだったら、諸角家でも家老の死に不審を抱いたかもしれない。だから、食中りだと騒ぎ立てる必要があったんだ。死んだふたりの博徒は偽装のための道具に過ぎなかったのだろう」

そう言ってから、孝助はため息混じりにつけ加えた。

「十郎太さんは真相を摑んだはずなのだ。それなのに、なぜ何も話してはくれずに、帰参したのかわからねえ」

「やはり、帰参は嘘だったのではないか」

喜助が眉間《みけん》に皺《しわ》を寄せて言う。

「そのうち、柴田さまにお会いしに行ってみる」

わだかまりが固まりとなって、胸を押し付けているようだった。

二

翌日の昼過ぎ、孝助は『升や』の嘉右衛門と絵師の橘三幸とともに『美都家』の二階の座敷に上がった。

初夏の風が心地よく吹き込んできた。窓の下には不忍池《しのばずのいけ》が広がり、弁天島《べんてんじま》が望める。

上座に、嘉右衛門と橘三幸が並び、少し下がって向かい合うように孝助が座った。

料理屋番付をつけるという狙《ねら》いを知っているのか知らないのか、女将《おかみ》が挨拶《あいさつ》に来てから、酒が運ばれ、続いて先付《さきづけ》が運ばれてきた。

会席料理の基本は一汁三菜すなわち吸い物、刺身、焼き物、煮物である。それに先付などが加わる。

　酒は下り酒だ。会席料理は酒とともに楽しむ料理である。灘《なだ》の酒を、孝助も舌で味わうように呑み、先付の煮凝《にこご》りを食べる。

　次に吸い物がきて、孝助は椀《わん》を手にする。まず香りをかぐ。昆布出汁《こんぶだし》で、微《かす》かな香りが汁を口に含んだときの味わいと微妙に絡んでいる。嘉右衛門と三幸も満足そうな顔をしていた。

　向付《むこうづけ》で、鯛《たい》の刺身に続いて鯛のかぶと煮、酢の物と続いた。どれも味がよく、丁寧に調理をしてある。

　最後に飯と味噌汁《みそしる》、香の物が出てきた。

「いや、満足でした」

　嘉右衛門が女将に言う。

「料理の味だけでなく、配膳も行き届いていた」

　三幸が褒《ほ》める。

「ありがとうございます」

「孝助さん、どうだね」

　嘉右衛門がきいた。

「はい。仰る通り、味も配膳も申し分ありませんでしたが、私が特に感心したのは料理人の心遣いです。料理から料理人の思いが伝わってきます。季節感を出したり、おもてなししようとする心配りがしっかりとしています」

「そうだ」

三幸が相槌《あいづち》を打つ。

「料理人を呼んでもらえますか」

嘉右衛門が女将に言う。

「はい。信吉を呼んでおくれ」

女将はすぐ女中に命じる。

やはり、信吉の調理だったのか。染次から鍛えられた腕は間違いなかった。

襖《ふすま》が開いて、信吉がやってきた。

「お入り」

女将の声に、信吉は体を滑り込ませた。

「料理人の信吉です」

女将が引き合わせる。

「なかなかいい味でしたよ」

嘉右衛門が声をかける。

「ありがとうございます」

信吉は顔を上げたあと、孝助を見ておやっという顔をした。

「信吉さん、その節は……」

孝助が声をかける。

「やはり、そうでしたか」

「おや、顔見知りか」

嘉右衛門が驚いたように言う。

「染次さんの件で」

「そうだったな。じつは染次にここで会席料理をいただこうと言っていたのだが、元いたところでは食えないとずっと拒んできたんだ」

嘉右衛門が女将と信吉に説明をする。

「それで、孝助さんに来てもらったというわけだ」

「染次さんの代わりにはなりませんが。女将さん、あっしはときたま文蔵親分の手先を務めています」

孝助は頭を下げる。

「どうりでお見かけしたような気がしていました」

女将が応じた。

「じゃあ、私はこれで」

信吉が下がった。

「いい調理人だ。大事にしないと他に引っ張られてしまうよ」

嘉右衛門が笑いながら言う。

「じつは、他から誘いがあったようなんです」

女将が眉根《まゆね》を寄せた。

「誘いが？」

嘉右衛門が驚いてきいた。

「ええ。信吉は断ってくれたそうですが」

「どこから？」

孝助はきいた。

「わかりません。ただ、信吉に頻繁に持ちかけてくるひとがいました。かなりのいい待遇で引っ張ろうとしたみたいです」

「信吉さんはきっぱりとお断りに？」

「だいぶ揺れ動いたみたいです。でも、信吉のやり方で会席料理を出していいという条件で、思い留まらせたのです」

「信吉さんのやり方は正しいと思います」

　孝助は言う。

「はい。さすが、染次が仕込んだ板前だけあると頼もしく思っています」

　女将は信吉のことを褒めた。

　信吉を引っ張ろうとしたところがどこか気になったが、すでに信吉は引き上げたあとだった。

　追いかけてきいてみたかったが、勝手な真似《まね》は出来なかった。

「では、そろそろ」

　嘉右衛門が立ち上がった。

　外に出てから、

「升やさん、料理屋番付には料理屋の名前といっしょに板前の名も書くのですか」

と、孝助はきいた。

「染次が強く勧めていたんだ。板前の地位を高めたいという思いがあったようだ」

　嘉右衛門が答える。

「染次さんがいなくなった今はどうするんですか」

「遺志を継いで載せるかどうかだが」

「わしは反対だ」

三幸が口にした。

「料理屋には料理人が何人もいて、板前の手伝いをして料理を作るのだ。名が出るのが料理長である板前だけじゃ他の者が可哀《かわい》そうだ」

「いや、そうとも言えぬ」

嘉右衛門が異を唱えた。

「板前の名が広がれば、下の者の励みになる」

「しかし、今度の料理屋番付は会席料理の番付だ。会席料理の格付けは、何も味だけじゃない。料理を一番いいときに運ぶ配膳も格付けに入っている。それに、こういう味でいこうというのはその料理屋の主人の考えだ。板前はその期待に応《こた》えるように料理を作るのだ。純然たる板前の腕を表すものではない」

「しかし、一番板前の腕が……」

「升や。また、言い合いになってしまう」

三幸が押しとどめる。

「そうだった」

嘉右衛門は苦笑する。

「あっしはここで」

新黒門町の『升や』に向かうふたりに、孝助は声をかけた。

上野山下から広徳寺《こうとくじ》前に差しかかったとき、足元に紙切れが飛んできた。足に絡んだ紙切れを拾うと、『大食いの会』の引札《ひきふだ》だった。

来る六月十日、札差《ふださし》『十字屋』の大旦那《おおだんな》十右衛門の還暦の祝いの催しで『大食いの会』が今戸の『鶴の家』で開かれる。ついては、参加者は……。

夕方、暖簾を上げる前に、幇間《ほうかん》の千代丸が『樽屋』に現れた。

黙ったまま、土間に立っている。

「千代丸さん。どうかしたんですかえ」

孝助は声をかけた。荒《すさ》んだような色気があり、少し気取ったところもある千代丸が浮かない顔をしていた。

「あのあと、『大食いの会』の引札を江戸中に配ったんですよ。たいそう人気を呼んだのですが……」

千代丸があとの言葉を濁した。

「何か」

「『十字屋』の大旦那に脅しの文が届いたのです」

「脅しの文？」

「三度の飯も満足に食えない者もたくさんいるというのに、食べ物を無駄にする大食いは許さない、すみやかに中止せよ。さもなければ、『十字屋』の大旦那を殺すと」

「穏やかではありませんね」

孝助は顔をしかめた。

「もちろん、『十字屋』さんはそんな脅しなどいたずらだと仰ってますが、私は単なる脅しだけではないような気がしましてね」

「相手は本気だということですか」

「そうです。で、大旦那に他の趣向を考えますので、大食いはやめませんかと申し上げたのですが、そんな脅しに屈して中止したら江戸っ子の沽券《こけん》にかかわるといって聞き入れてくれません」

千代丸が手に負えないように首を横に振った。

「一度や二度の脅しには屈しないでしょうね」

孝助も大旦那の気持ちを慮って言う。

「あっしは脅しの文を見させていただきましたが、理路整然としていて、単に食えない者が怒りに任せて書いたものとは思えませんでした。それなりの男が書いているんです」

「千代丸さんはこの脅しは本気だと？」

「ええ。だから、やめさせたいんです。なにしろ、私が思いついたことなので、気になります」

千代丸は暗い顔をした。

「で、どうしてあっしに？」

「孝助さんは文蔵親分の下で働いていると聞いたんです。それで、お願いに」

「お願いって何を？」

「大旦那を脅している者を捕まえてもらいたいんです」

「なぜ、文蔵親分に頼まないんですかえ」

「大旦那が大仰に騒ぐな、と仰るんです。岡《おか》っ引《ぴ》きなどに知らせるなと。そんなことをしたら、脅迫主の思う壺《つぼ》だと仰って」

「だからと言って、あっしひとりでは何も出来ませんよ」

「私が手伝います」

「でも……」

ひとりで手に負えるものではないと、孝助は思った。

「じつは、この文を投げ込んだ男を見ていた者がいるんです」

「ほんとうですか」

「ええ、『十字屋』の藤兵衛《とうべえ》という番頭さんが駒形のほうに逃げて行く男を見てました。若い男だったそうです」

「……」

「それとなく、注意を向けていてくだされぱいいんで」

「気にとめておきますが、どこまで出来るか」

孝助は首を傾げ、

「もし、ほんとうに十字屋さんに身の危険があるようでしたら、文蔵親分に伝えます。それでいいですかえ」

と、確かめた。

「はい。孝助さんのお考えで、いかようにも」

「わかりました」

「じゃあ、私は……」

千代丸が引き上げたあと、喜助が近寄ってきて、

「脅迫をする奴の気持ちもわかるぜ。満足に飯も食えない者にしてみれば、腹立たしい限りだろうぜ」

「こんな催しはやめたほうがいいと思うけど、いまさらやめさせるわけにはいかないだろうな」

「そうよな。だが、強引にやって何か問題でも起きたらことだからな」

「ただ、『鶴の家』でやるんだ。『鶴の家』の中に入るいい機会だ」

「入るだけなら客としてもいける」

「それはそうだが……」

「やはり、大食いの会はいただけねえな」

喜助はふと思いついたように、

「一度、『十字屋』の大旦那に会って、中止を勧めてみたらどうだ?」

「文蔵親分ならともかく、俺なんか相手にされねえ」

孝助は自嘲《じちょう》ぎみに言う。

「『十字屋』の番頭さんが駒形のほうに逃げて行く男を見ていたと言ってたな。その件で番頭さんに会い、番頭さんから話してもらったらどうだ?」

「そうだな。確か、藤兵衛とか言っていた。明日にでもちょっと顔を出してみる」

「暖簾を出します」

おたまが暖簾を持って戸口に向かった。

続々と客が入って来て、忙しくなった。

翌日の昼前、孝助は森田町《もりたちょう》にある『十字屋』に行った。

蔵前《くらまえ》にある米蔵には幕府領から集められた米が収められている。これらの米は旗本や御家人に俸禄《ほうろく》として支払われる。その俸禄米を金に換えたり、米問屋に卸したりするのが札差だ。

俸禄米を担保に高金利で金を貸すことも行なっており、たいそうな利益を得ている。中でも『十字屋』の羽振りはいい。還暦の祝いに大食いの会を催すというばかげたことを実行するだけの財力があるのだ。

俸禄米は春二月ごろ、夏五月ごろ、冬十月ごろの三期に分けて支給される。したがって、今は夏の支給がなされて忙しい時期だ。

『十字屋』から武士が出て行く。わざわざ武士が出向いてきたのは借金のためだろうか。武士を見送った手代ふうの男に、

「もし」

と、孝助は声をかけた。

「はい」

手代ふうの男が振り返った。

「あっしは文蔵親分の手の者で、孝助と申します。番頭の藤兵衛さんにお会いしたいのですが」

「番頭さんですか。少々お待ちください」

手代ふうの男は店の奥に向かった。

米蔵から米俵を積んで大八車が出発していく。

「お待たせしました」

三十半ばぐらいの渋い顔立ちの男が近寄ってきた。

「番頭の藤兵衛でございますが」

「あっしは文蔵親分の手の者で、孝助と申します」

藤兵衛にも同じ挨拶をし、

「幇間の千代丸さんからお伺いしたのですが、大旦那に脅しの文が届いたそうですね」

「そうです」

「番頭さんは、文を投げ入れた男を見ていたそうですが」

「ええ。若い男が駒形のほうに逃げて行くのを見ましたが、顔は見ていません」

藤兵衛は口惜《くや》しそうに言う。

「身形《みなり》は？」

「継《つ》ぎ接《は》ぎがあったように思います。文にあった、三度の飯も満足に食えない者のひとりだったかもしれません」

「千代丸さんはずいぶん心配していました」

「ええ。出来たら、大食いの会はやめてもらいたいのですが」

「番頭さんからそのことを言うわけにはいきませんか」

「いや、無理です。いったん決めたことを翻《ひるがえ》すようなお方ではありません」

「そうですか」

「もうよろしいですか」

店のほうで番頭を呼んでいた。

「わかりやした。すみません」

孝助は蔵前から帰る途中、ふと染次殺しの件が気になって文蔵のところに顔を出してみようとしたが、峰吉が知らせにくるのを待つことにして、そのまま『樽屋』に帰った。

すると、小上がりの上がり口に峰吉が座っていた。

三

孝助の顔を見て、峰吉が立ち上がった。

「孝助さん、親分が連れて来いってさ」

「何があったんだ?」

「『大泉屋』の益次郎が染次と揉めていた理由がわかったんだ」

「なんだったんだ?」

「引き抜きだ」

「引き抜き?」

「湯島天満宮《ゆしまてんまんぐう》の門前にある料理屋の板前にならないかとしつこく誘っていたそうなん

だ。益次郎は断っていたので、揉めているように思えたってことだ」

「なぜ、益次郎はそのことを黙っていたんだ？」

「一時は心が動き、その話を受けそうになったそうだ。だから、『大泉屋』にそのことを知られたくなかったんだ。昨夜、やっとそのことを口にしたんだ。それより、親分が待っている」

「わかった」

孝助は喜助のところに行き、

「とっつあん。行ってくる」

と、声をかけた。

「ああ、行ってきな」

喜助は励ますように応じた。

孝助は峰吉といっしょに東仲町《ひがしなかちょう》にある文蔵の家に行った。

文蔵はかみさんに羽二重《はぶたえ》団子《だんご》の店をやらせている。観音様詣《かんのんさまもう》での客で店先はいつもいっぱいだった。

脇《わき》にある戸口から入り、居間に行くと、長火鉢の前で文蔵は煙草《たばこ》をすい、隅で亮吉は畏《かしこ》まっていた。

「親分、遅くなりまして」

孝助は声をかけて空いている場所に座った。横に峰吉が並ぶ。

「峰吉から聞いたか」

文蔵は煙管《きせる》の雁首《がんくび》をぽんと煙草盆の灰吹《はいふき》に叩《たた》いた。

「へえ、あらましは」

「染次殺しは振り出しに戻った」

文蔵は怒ったように言う。隅で亮吉は悄然としている。

「親分」

孝助は膝《ひざ》を乗り出し、

「『大泉屋』の益次郎が染次と揉めていた理由は、染次が益次郎を引き抜こうとしていたからだそうですね」

「うむ。湯島天満宮の門前にある料理屋から誘われていたそうだ」

「染次とその料理屋はどんな関係なんでしょうか」

「だから、その料理屋から益次郎を引き抜くように頼まれたのだ」

「なぜ、その料理屋は染次に頼んだのでしょうか」

「どういうことだ？　何か気づいたことがあるのか」

文蔵は真剣な顔になった。

「今、ふと思ったことなんですが、染次は自分から料理屋に板前の引き抜きを持ちかけていたんじゃないでしょうか」

「板前の引き抜きを持ちかけていた？」

「そうです。板前の腕に不満を持っている料理屋に顔を出し、腕のいい板前を引き抜いてくると持ちかけていたんじゃないでしょうか」

孝助はさらに続ける。

「今、染次は版元の『升や』と絵師の橘三幸といっしょに料理屋番付を作っています。ところが、染次は板前の番付にもしたかった。なぜ、染次がそんなことをしたいのか。自分が板前だったから、板前の地位を高めたいためと思っていましたが、引き抜きの話を聞いて腑に落ちたんです」

「……」

「板前の名を高めれば、引き抜きに多額の返礼を求められるからではないでしょうか」

「確かに、名のある板前を引き抜くほうが、無名の板前より返礼は高いだろう」

文蔵も頷く。

「ええ、そのために、染次は料理屋番付に板前の名を載せようとしていたんです」

「つまり、染次は裏で板前の引き抜きの仲介をしていたということか」

「そうです。益次郎を湯島天満宮の門前にある料理屋に鞍替《くらが》えさせようとしていた。これは益次郎が最後に撥ねつけたからよかったのですが、もし受け入れていたら湯島天満宮門前の料理屋の板前はやめさせられることになりませんか」

「なるほど、腕を認められていない板前にとっちゃ、染次は疫病神《やくびょうがみ》か」

「親分」

　隅で畏まっていた亮吉が口をはさんだ。

「深川にある『岩《いわ》むら』の板前はひと月ほど前に別の料理屋から移ってきたそうです。この板前は染次から番付のことを聞いていたと言ってました」

「すると、前にいた板前はやめさせられてたってことか」

　文蔵の目が鈍く光った。

「『岩むら』は会席料理の料理屋ですかえ」

　孝助は亮吉にきいた。

「最近、会席料理をはじめたそうだ」

　亮吉は孝助を見ようとせず答える。

「板前になるには洗方《あらいかた》からはじめて一人前になるまで十年かかります。『岩むら』にはもともと会席料理の板前はいなかったってことも考えられます」

孝助が言うと、亮吉は顔色を変え、

「てめえ、俺の考えにけちをつけるのか」

と、詰《なじ》った。

「そうじゃねえ。そういうこともあり得るってことを……」

「よさねえか」

文蔵が不快そうに口を入れた。

「すみません」

孝助は謝る。

「ともかく、亮吉は『岩むら』で代わりにやめて行った板前がいるのか調べるんだ」

「へい」

亮吉は立ち上がった。

「峰吉、来い」

「へい」

文蔵と孝助の顔を見て、峰吉は渋々立ち上がった。

ふたりが出て行ったあと、

「やっぱり、おめえじゃねえとだめだ」

と、文蔵が呟《つぶや》いた。

「そんなことはありません」

「いや、亮吉はおめえを目の敵にしてやがる。だから奴の目は曇りっぱなしだ。益次郎の件だって、先走りやがって」

文蔵は眉根を寄せる。

「でも、亮吉兄いが調べてくれたおかげでわかってきたこともあります」

孝助は亮吉を庇《かば》う。

「孝助、おめえの考えをきかせてえ」

「あっしは、やはり染次が裏で引き抜きの仲介をやっていたことが関わっていると思います。染次が殺される前の晩、東本願寺の前辺りで、羽織を着た男が染次に頭を下げていたそうですね。この男が気になるんです」

「うむ?」

「親分。板前の引き抜きの影響は板前以上に料理屋にとっても大きいはずです。板前の腕によって店の評判が左右されるんですからね」

「するってと、板前を引き抜かれた料理屋の亭主が染次を恨んでっていうことも考えられるな」

文蔵は口許《くちもと》を歪《ゆが》めた。

「ええ。まず染次に頭を下げていた羽織の男を探し出せれば……。確か、染次と同じ長屋に住んでいる職人が見ていたそうですね」

「そうだ。畳職人の伝吉《でんきち》という男だ。だが、後ろ姿だけで、顔は見ちゃいねえ」

「でも、何か手掛かりになるようなものを見ていたかもしれません。念のために、伝吉に会ってみます」

「伝吉は出職だ。田原町《たわらまち》にある政五郎《まさごろう》親方の家に通っている」

「わかりました。行ってきます」

「うむ、頼んだぜ」

文蔵に会釈をして、孝助は部屋を出た。

田原町にある畳職の政五郎親方の家に着いた。

戸は開いていた。広い土間で、職人が畳針を使っていた。

「すみません。あっしは文蔵親分のところの孝助ってもんですが」

孝助は板の間にいる親方らしい風格の男に声をかけた。

「伝吉さんにお会いしたいのですが」

「伝吉ですかえ。おい、伝吉」

畳針を使っていた男が顔を上げた。

「こっちにきな」

「へい」

伝吉がやってきた。二十七、八歳の小粋《こいき》な感じの男だ。

「私は文蔵親分のところの孝助と申します。染次さんが殺された前の晩、東本願寺の前辺りで羽織を着た男が染次さんに頭を下げていたのを見かけたそうですね」

孝助はきいた。

「へえ。以前にきかれたときもお話をしましたが、後ろ姿だけで顔を見ていないのです」

「そうですってね。その後ろ姿ですが、何か気になる特徴のようなものはありませんでしたか」

「いいえ」

「肥っていたか、痩《や》せていたかは?」

「どちらかというと、肥っていたようです。あっ」

伝吉は声を上げた。

「何か」

「頭を上げたあと、右手を後ろにまわして手を握ったり開いたりしているようでした」

「手を握ったり開いたり？」

「癖なんじゃないでしょうか」

「癖ですか」

孝助はその姿を想像したあと、

「他には？」

「いえ、ないですね」

「そうですか」

ふと思いついて、

「右手を後ろにまわして手を握ったり開いたりしているとき、近くに誰かいませんでしたか」

と、孝助はきいた。

「そう言えば、私の近くに遊び人ふうの男が立っていました」

「どんな感じの男でしたか」

「細身の敏捷《びんしょう》そうな感じで、三十半ばぐらいの頬骨《ほおぼね》の突き出た鋭い顔つきの男でした」

「どうでしょうか。右手を後ろにまわして手を握ったり開いたりしたのは、その男への合図だったとは思えませんか」

「合図？　そう言われれば、そんな気もします」

「あなたは、そのまま立ち去られたのですね」

「そうです。そのあとのことはわかりません」

「そのとき、通りの人出はいかがでしたか」

「新堀川沿いに珍しくひとが多かったんです。というのも、阿部川町のどこかで寄合があったらしく、その帰りのひとがぞろぞろ引き上げてきたのです」

「すると、染次さんもそのひとたちとすれ違っていったのでしょうね」

「そうです。染次さんも、あっしとちょっとの差で帰ってきたようでしたから」

「そうですか。わかりました」

孝助は親方にも礼を言って引き上げた。

文蔵の家に行ったが、文蔵は出かけたあとだった。

いったん『樽屋』に引き上げようかと思ったが、諸角家の留守居役柴田金右衛門に会いたいと思った。

会えないだろうと思いながら、三味線堀の向かいにある伊予諸角家の上屋敷にやってきた。

門番は前回と違う侍だった。

「恐れ入ります、私は以前……」

名乗りかけたとき、前回の侍が奥から顔を出し、

「また、おまえか。いないものはいないのだ。帰れ」

と、追い払う。

「きょうは留守居役の柴田金右衛門さまにお会いしに」

「柴田さまはさっき出かけた」

門番の侍が言う。

「どちらに？」

「知らぬ」

冷たく突き放され、孝助は虚しく引き上げた。

『樽屋』に帰って、仕込みを手伝い、夕方に東仲町の文蔵の家に行った。

すでに文蔵は帰っていた。

「さっきはお出かけでしたので」

孝助は居間に入って言う。

「丹羽の旦那に呼ばれ、『十字屋』に行ってきたんだ」

「『十字屋』に？」

孝助はおやっと思った。

「何かあったんですか」

「大旦那に脅しの文が届いたのだ」

「……」

「大旦那の還暦の祝いに大食いの会をするそうじゃねえか。そのことを快く思わねえ者が会を開いたら殺すという文を投げ入れたのだ」

「大旦那が訴え出たのですかえ」

「いや、倅《せがれ》だ。大旦那は会をやめるつもりはない。だから、奉行所に届け出たのだ」

「そうですか」

孝助がこっそり気を配ってくれればいいと千代丸は言っていたが、倅は心配だったのだろう。

「大旦那はなんて？」

「万が一に備え、用心棒を雇うことにしたから心配いらないと言っている。だが、念のためにときおり見回りをすることにした。文を投げ込む輩《やから》をとっ捕まえるためにな」

文蔵は急に顔をしかめ、

「染次の件が片づかないのに、やっかいなことだが、大旦那に間違いがあってはならねえ。場合によっては、染次の件はあとまわしにしてでも、『十字屋』のほうに手を貸さなければならねえ」

「脅し文の主は本気なのでしょうか」

「世の中に食えない者がたくさんいるのに、ことさら大っぴらに大食いの会を開くのはひとの道に反するなどという脅し文の内容を、丹羽の旦那は思いつきの怒りからではないと言っていた」

「本気だと見ているのですね」

「そうだ」

文蔵は頷いてから、

「で、どうだったんだ？」

と、きいた。

「少しだけわかりました」

「聞こう」

文蔵は顔を引き締める。

「染次に頭を下げていた羽織の男はどちらかというと肥っていたようです。下げていた頭を上げたあと、右手を後ろにまわして手を握ったり開いたりしていたそうです」

「なに、手を握ったり開いたり？」

文蔵は目を細めた。

「癖なのかと思いましたが、背後に細身の敏捷そうな感じで、三十半ばぐらいの頬骨の突き出た鋭い顔つきの男が立っていたそうです。あっしは、羽織の男は背後の男に合図を送っていたんじゃねえかと」

「……」

文蔵は目を剝《む》いていた。

「親分」

孝助は声をかける。

はっと、我に返った文蔵は、

「おめえは背後に立っていた男が染次を殺したと思っているのか」

と、きいた。

「へえ。羽織の男は染次に何かを頼み入れていた。もし、頼みが聞き入れられなければ、殺す。そう決めていたんじゃねえかと。頼みを聞き入れてもらえないとわかって、背後の男に殺すことにしたという合図を送ったんじゃありませんか」

「そんな合図なんかせず、染次と別れたあと背後の男にあいつをやれと言えば済むではないか」

「あのあと、染次のあとをつけて殺すつもりだったんじゃないでしょうか。ところが、染次が帰る新堀川沿いに寄合の帰りのひとたちがぞろぞろ歩いてきたそうです。だから、殺しそびれたのです。それで翌朝、改めて染次を付け狙《ねら》ったんじゃないでしょうか」

「……」

文蔵はまた他のことに思いが向かっているようだった。

「親分」

「うむ？」

文蔵は難しそうな顔をして、

「孝助、ごくろうだった。もういいぜ」

「えっ？」

「引き上げていいって言っているんだ」

「羽織の男と細身の……」

「待て」

文蔵が口をはさむ。

「その者たちが下手人だという証があるのか」

「いえ。ただ、いちおう調べてみる値打はあるんじゃないかと。特に、細身の敏捷そうな感じで、三十半ばぐらいの頬骨の突き出た鋭い顔つきの男という人相がわかっているんです。この男を見つけだせば……」

「見つけだせても、とぼけられたらおしめえだ。それ以上、何も出来ねえ」

「でも、羽織の男の正体がわかるかもしれません」

「どうしてわかるんだ？　たまたま背後にいただけだ。伝吉と同じようにたまたまその場にいただけなのだ」

文蔵は激しい剣幕で言う。

「へえ、わかりました」

これ以上、逆らわないほうがいいと思い、孝助は引き下がった。

「じゃあ、失礼します」

孝助は文蔵の家を出た。空はだいぶ暗くなっていた。

孝助は首をひねった。なぜ、文蔵は強い口調で打ち消すのか。なぜ、調べてみろと言わないのか。

雷門前から吾妻橋《あずまばし》の袂《たもと》を経て花川戸《はなかわど》に差しかかった。

孝助はふとある思いにとらわれて足を止めた。

(ひょっとして……)

いったん浮かんだ考えはさらに確信に近づいた。文蔵は、羽織の男と背後にいた男に心当たりがあるのではないか。

文蔵の周辺に該当するような男はいない。すると、昔の付き合いかもしれない。昔というと、岡っ引きになる前か。

(まさか)

あっと、孝助は叫んでいた。

四

ゆっくり考えてみようと、孝助は待乳山聖天に向かった。境内《けいだい》に入り、石段を上がる。

本堂の脇の人気のない木立のそばに立った。木々の隙間《すきま》から隅田川《すみだがわ》が望める。ここは月の名所だが、今夜の月の出は遅い。

染次に頭を下げていた、つまり頼み込んでいた羽織の男は料理屋の主人ではないか。

文蔵の昔の付き合いで料理屋の主人になったのは元本所石原町の『およし』の亭主だ。今は『鶴の家』の主人だ。

『鶴の家』は会席料理をはじめた。だが、嘉右衛門や橘三幸の話からしても、料理としての評価は低い。

それで、染次に頼んで板前を引き抜こうとした。だが、染次は引き抜きに失敗したか、あるいは協力的ではなかった。

だから殺したのだろうか。それだと殺しの理由は恨みだが、最後まで羽織の男は染次に頼み込んでいたのだ。

背後に人声がした。月の出を待つつもりなのか。孝助はその場を離れた。

『樽屋』に戻った。裏口から入る。すでに店はいっぱいで、おたまが忙しそうに動き回っていた。

「とっつあん、遅くなってすまねえ」

「なあに、俺ひとりだってなんとかなる」

「そうはいっても、ひとりじゃたいへんだ」

「まあ、助かるがな」

そのとき、戸口に飛び込んできた男がいた。まっすぐ板場にやって来て、

「孝助さん」

と、呼びかけた。

「峰吉じゃねえか。どうしたんだ、こんな遅くに」

「殺しだ。すぐ来てくれって」

「どこだ？」

「蔵前の第六天神社《だいろくてんじんしゃ》の境内だ」

「わかった」

孝助は応じてから、

「とっつあん、すまねえ」

と、喜助に謝った。

「いいってことよ」

「じゃあ、行ってくる」

裏口から出て表にまわる。

先に出て待っていた峰吉といっしょに柳橋《やなぎばし》に向かう。

「殺された者の身元はわかっているのか」

孝助がきく。

「札差『十字屋』の大旦那だ」

「なに、十右衛門？」

孝助は唖然《あぜん》とした。

「十右衛門を知っているのか」

「親分から聞いた。大食いの会をやめろという脅迫の文が届いていたそうだ。昼間、丹羽の旦那と親分がその件で『十字屋』に行ってきたそうだ」

「そうか。俺と亮吉兄いが深川から帰って親分に話をしているとき、丹羽の旦那の使いがやって来たんだ。親分と亮吉兄いは柳橋に向かった」

早足のまま話す。吾妻橋の袂に差しかかった。

「深川のほうはどうだったんだ?」

「『岩むら』の板前のことか。孝助さんの言うとおりだった。新しい板前が来てからも、やめさせられた板前はいなかった」

「そうか。じゃあ、亮吉兄いはまた機嫌が悪いだろうな」

「そうでもない」

「そうでもないとは?」

「悄気《しょげ》ている」

「悄気ている?」

信じられないと思った。

「自分の考えが続けて外れているので自信をなくしたようだ。親分の前で小さくなっていた。ああなると、ちょっぴり可哀《かわい》そうになる」

峰吉が同情を寄せた。

「そうか」

そうなると、ますます染次と話していた羽織の男は『鶴の家』の主人で、背後にいたのは『およし』当時付き合いがあった男のように思えてきた。

「染次殺しはまだ手掛かりもないのに、また殺しとは……」

峰吉はうんざりとして言う。

駒形町を過ぎ、蔵前の森田町に差しかかる。『十字屋』の大戸は閉まっているが、潜り戸は開いていて、ひとがあわただしく出入りをしていた。

神田川《かんだがわ》の手前の茅町《かやちょう》二丁目の角を曲がる。しばらく行くと、前方に提灯《ちょうちん》の明かりとひとだかりがあった。

第六天神社の境内に丹羽溜一郎と文蔵、そして亮吉の顔があった。

「親分」

孝助は声をかけた。

「孝助か」

「ホトケは？」

「ここだ」

少し先の柳の木のところにひとが横たわって莚《むしろ》がかけられていた。そこに『十字屋』の番頭の姿もあった。

文蔵が孝助を連れて、ホトケのそばに行った。

小者《こもの》が莚をめくった。

「この男が十右衛門ですか」

「下膨れのまるでむくんでいるような顔は十右衛門の特徴だ」

文蔵がホトケを見て、

「心ノ臓と腹部の二カ所を刺されている」

と、言った。

「殺されたのは半刻（一時間）あまり前ですね」

血の固まり具合から、孝助は考えた。

「そうだ。この先の船宿で千代丸が十右衛門を待っていたそうだ。なかなか来ないので、千代丸が迎えに出て、ここで倒れている十右衛門を見つけたそうだ」

「千代丸さんが見つけたのですか」

「そうだ。千代丸はあそこにいる」

植込みのそばでしゃがみ込んでいた。

「ちょっと行ってきます」

そう断り、孝助は千代丸のそばに行った。

「千代丸さん」

声をかけると、千代丸は力なく顔を上げた。

「孝助さん……」

　千代丸は立ち上がった。

「すみません。千代丸さんに頼まれていたのに防げませんでした」

「いえ」

　首を横に振り、

「あっしがばかなことを言いだしたばかりに……」

　と、千代丸は自分を責めた。

「千代丸さんのせいじゃありません。どんな理由があっても、ひとの命を奪ってはいけないんです」

　悪いのは下手人だと言い、

「誰も見ていなかったのですか」

　と、孝助はきいた。

「いえ、見ていません。さっきも同心の旦那や文蔵親分さんにも話しましたが、あっしが倒れている大旦那に気づいたときは周辺には誰もいませんでした」

「脅迫の文の主でしょうか」

「そうとしか考えられません」

千代丸は激しく言う。

「でも、まだ、大食いの会まで日数はあります。なぜ、今夜だったんでしょうか」

「そのわけは、文にあります」

千代丸は言う。

「文になんて書いてあったんですか」

「今日中に、大食いの会の取りやめを世間に知らせろと書いてあったそうです。それで、明日から旦那は用心棒を雇うことにしていたそうだ」

「明日から」

孝助は首をひねった。

「なんで明日からなんですね」

「旦那は用心棒を雇う気がなかったのを、若旦那が説き伏せて認めさせたそうです。だから、明日からに」

用心棒を雇う前日に殺されたのは偶然なのか。今日までの約束なのに、殺すのも早いような気がする。

「孝助」

文蔵が呼んでいた。

「じゃあ、またあとで」

千代丸に言い、孝助は文蔵のところに行った。

「亮吉が聞き込んできたところによると、十右衛門らしき男が誰かと境内で話しているのをお参りにきた近所のかみさんが見ていたそうだ」

「誰かと話していた？」

孝助は不思議に思った。

「十右衛門は下手人と話していたっていうんですかえ」

「そうだ。おそらく、下手人は十右衛門の返事をきこうとして店からあとをつけてきたのだ。そして、ここで呼び止め、大食いの会のことを質した。中止する気はないという返事にかっとなって相手は匕首《あいくち》で刺した」

「なるほど」

孝助は一応筋は通っていると思った。

「下手人は文を投げ入れた男と同じだ」

亮吉が口を入れる。

「そうでしょうかね」

孝助は首を傾げる。

「孝助、この件はおめえがやるんだ」

「えっ、親分。あっしのほうがすでに聞き込みをしていますし」

亮吉が不満をもらした。

「そうです、親分」

孝助は口をはさむ。

「これだけの事件ですから、やっぱりここは亮吉兄いにやってもらったほうが。あっしは染次のほうを……」

「だめだ」

文蔵は言う。

「亮吉は今まで通り、染次のほうをやれ」

「でも、親分は染次殺しを孝助に任せるって……」

亮吉が異を唱える。

「この殺しが起きる前の話だ」

「……」

亮吉は何か言い返そうとしたが、声にならなかった。

「親分、なんとかこの件は亮吉兄いに」

「だめだ。染次殺しは亮吉と峰吉で続けるのだ。孝助は俺といっしょに十右衛門のほうだ。いいな」

文蔵は強い口調で言った。

「どうした、返事は？」

「へい。わかりました」

亮吉は渋々のように答える。

「孝助、いいな」

「わかりやした」

染次殺しに『鶴の家』の主人が関わっているかもしれない。孝助はそのほうの探索を続けたかったのだ。

それにしても、なぜ文蔵は強硬に言い張るのだろうか。

まさか……。

染次に頭を下げていた羽織の男と背後にいた遊び人ふうの男のことを話したときの文蔵の態度はおかしかった。

文蔵はふたりを知っているのではないかと思ったのだ。そこから、羽織の男が『鶴の家』の主人ではないかと思い浮かべたのだ。

文蔵はあえて染次殺しから孝助を遠ざけたのではないか。そんな気がしてきた。

「今夜は、遅い。明日の朝、俺の家に集まれ」

文蔵は言い、

「俺はこれから丹羽の旦那と打ち合わせをして引き上げる。おめえたち、もういいぜ」

と一方的に続けた。

三人は引き上げた。人通りの絶えた蔵前の通りを歩きながら、亮吉が自棄《やけ》になって口にした。

「親分は俺を見限ったようだ。やはり、俺より孝助を買っているようだ」

珍しく亮吉は気弱になっている。

「亮吉兄い、そうじゃねえ」

孝助は口にする。

「そうじゃねえとはどういうことだ?」

亮吉は足を止めた。

「染次が殺される前夜、東本願寺の前で染次に頭を下げていた羽織の男がいたという話を覚えているかえ」

孝助は言う。

「ああ、確か同じ長屋の住人が見ていたってことだったな」

「そうだ。じつは、昼間、その住人に会いに行ったんだ。詳しい話は道端では出来ねえ。どこか落ち着いた場所に行かないか」

孝助は言う。

「黒船町《くろふねちょう》の正覚寺《しょうかくじ》まで行こう」

亮吉は思いついたように言う。

「わかった」

早足で夜道を行き、榧《かや》の樹《き》があって榧寺と呼ばれる正覚寺にやって来て境内に入った。

改めて、孝助は口を開いた。

「見ていたのは伝吉という畳職人だ。染次に頭を下げていた羽織の男はどちらかというと肥っていて、下げていた頭を上げたあと、右手を後ろにまわして手を握ったり開いたりしていたと話してくれた」

「手を握ったり開いたり?」

亮吉もそのことをきき返した。

「そのとき、背後に細身の敏捷そうな感じで、三十半ばぐらいの頬骨の突き出た鋭い顔つきの男が立っていたそうだ。あっしは、羽織の男は背後の男に合図を送っていたんじゃねえかと思った」

「合図って？」

峰吉がきいた。

「殺せという合図か」

亮吉が言う。

「そうだ。羽織の男は染次に頼みごとをしていてそれを断られたか何かで殺すことにした。最後にもう一度頼んで、それでもだめだから背後の男に殺せと合図をした。背後の男は染次が新堀川沿いの道を長屋に帰る途中に襲うつもりだったが、そのときたまたま寄合があったとかで人通りが多かったそうだ。それで、実行出来なかった。だから、次の日に尾行して実行したのだ」

「なるほど」

亮吉が珍しく素直に頷いた。

「この話を親分にしたら、背後にいた男が下手人だという証があるのかと詰問されたんだ。だから、細身の敏捷そうな感じで、三十半ばぐらいの頬骨の突き出た鋭い顔つきの男を見つけだせば、と言ったら、見つけだせても、とぼけられたらおしめえだ、それ以上、何も出来ねえと、いやに後向きなことばかり言うんだ。あげく、もういいから帰れと追い払われた」

「なんで、親分がそんな真似を？」

　峰吉がきく。

「染次に頭を下げていた羽織の男は料理屋の主人ではないかと思ったんだ。料理屋の主人が染次に板前の引き抜きを頼んだがうまくいかなかったかなどで殺したのではないかと考えた」

　孝助は続ける。

「十一年前まで本所石原町の『およし』という呑み屋があって、岡っ引きになる前の親分もその店に出入りをしていたんだ。その『およし』の亭主が今戸にある料理屋『鶴の家』の主人だ」

「つまり、親分も羽織の男が『鶴の家』の主人だと気がついたってことだな」

「そうだ。それだけでなく、三十半ばぐらいの頬骨の突き出た鋭い顔つきの男のことも知っていたのだ」

「だから、探索をさせまいと……」

亮吉が言う。

「そうだ。おそらく、みな本所石原町の『およし』という呑み屋での繋がりだ。親分は染次殺しの探索を本気で行なわないはずだ。これで、亮吉兄いが真相に近づいたら理由をつけて、十右衛門殺しにまわすはずだ」

孝助は自分の考えを述べた。

「孝助。おめえ、何者なんだ？」

亮吉が不審そうにきいた。

「『鶴の家』の前にあった『なみ川』は十一年前に食中りで死者を出して潰《つぶ》れている。ひょっとして、おめえは『なみ川』に縁の……」

「そうだ。あっしは『なみ川』の息子だ」

孝助ははじめて素姓を明かした。

「『なみ川』の倅がなんで岡っ引きの手先に？」

峰吉がきいた。

「文蔵だ」

孝助は吐き捨てるように呼び捨てにした。

「あっしが京の三条大橋の近くにある格式のある料理屋に住み込んで板前の修業をし

て、五年ほど過ぎたときに、『なみ川』で食中りがあったのだ。客がふたり死んだため、父は奉行所に捕まり、流罪《るざい》。そして付加刑として闕所《けっしょ》が加わり、料亭はすべて没収されたんだ。

江戸に戻ったが、『なみ川』がなくなっては、京で修業を続ける意味もなく、あっしは江戸を離れ、上州、野州などを転々とした。館林の呑み屋で板前をしているときに、客で来ていた博徒の男からある話を聞いた」

孝助は息継ぎをし、

「客の男は浅草生まれで、岡っ引きの文蔵に江戸を追われたそうで、そのわけは文蔵の悪事を知っている俺が目障りだったのだと言ったんだ。文蔵は浅草の地回りで、ほんとうなら小伝馬町の牢屋敷《ろうやしき》にぶち込まれてもおかしくない人間だが、『なみ川』の没落に手を貸したおかげで岡っ引きになりやがったと言ったんだ」

「なんだと、親分が『なみ川』の没落に手を貸した?」

亮吉が目を剝いた。

「そうだ。それで、あっしは真相を摑むためにこの地に舞い戻ったってわけだ。文蔵の手下になり、真相をきき出そうとして」

「そうだったのか」

亮吉は目を細め、

「で、真相は摑めてきたのか」

「だいたいだ。もともとは伊予諸角家の家老を事故に見せかけて殺そうとしたことからはじまっている。そのために、『およし』の客だったふたりの博徒を犠牲にして食中りに見えるよう画策したのだ」

孝助は自分の考えを話した。

「そこに手を貸したのが文蔵に『およし』の亭主か」

「染次を殺した男もその仲間だったはずだ」

孝助は言い切ったあとで、

「だが、証がないんだ。だから、どうしても文蔵からきき出したいのだ」

「あの『樽屋』の亭主は?」

峰吉がきく。

「昔、『なみ川』で板前をしていた。『なみ川』をやめて、深川で呑み屋をやっていたが、やはり真相を摑みたいと聖天町にやってきたのだ」

「そういうことだったのか。わかった、孝助。俺は手を貸すぜ」

亮吉が言う。

「俺だって」

峰吉も応じる。

「すまねえ。このとおりだ」

孝助は頭を下げた。

「これからどうするか改めて考えよう。ともかく、しばらくは親分の命令に従って動こう。俺たちは『鶴の家』の主人を見張り、細身の敏捷そうな感じで、三十半ばぐらいの頬骨の突き出た鋭い顔つきの男を見つけだす」

亮吉は意気込んで言う。

「心強い味方が出来た」

孝助はいよいよ真相に向かって突き進んで行くという手応えを感じ取っていた。

第三章　情夫

一

翌朝、東仲町の文蔵の家に行った。

すでに亮吉と峰吉が来ていた。

「すみません、遅くなりまして」

孝助は頭を下げて腰を下ろす。

文蔵が煙管《きせる》の雁首《がんくび》を長火鉢の縁《ふち》で叩《たた》いて灰を落とした。機嫌が悪そうだと、孝助は亮吉と峰吉にちらっと目を向けた。

ふたりとも苦い顔をした。

「孝助」

いきなり、文蔵が孝助に顔を向けた。

「へい」

「おめえは昨夜も言ったとおり、十右衛門殺しの探索だ」

「わかりました」

「それから、亮吉と峰吉」

「へい」

ふたりは同時に返事をした。

「おまえたちも孝助といっしょに十右衛門殺しのほうをやるのだ」

「親分」

即座に、亮吉が反応した。

「昨夜は染次殺しを続けるという話でしたが……」

「それはいい」

文蔵が厳しい顔で言う。

「いいって仰《おつしや》いますと？」

亮吉は食い下がる。

「十右衛門殺しのほうを先に片づけるんだ。それから、染次に戻る」

「でも」

「まあ、待て」

文蔵は亮吉の声を制し、

「これは丹羽の旦那《だんな》の考えだ。十右衛門殺しのほうが世間に与える影響は大きい。こっちを先に片づけなければならねえ。だから、皆でこっちにかかるんだ」

「でも、せっかく染次のほうは手掛かりが……」

「手掛かり？　そんなものはまだねえ」

文蔵は否定する。

「親分」

孝助は口をはさんだ。

「例の染次に頭を下げていた羽織の男です。あっしが思うに、その男は料理屋の主人ではないかと……」

「孝助。勝手な思い込みで動くな」

文蔵はぴしゃりと言った。

「いいか。その男が料理屋の主人だとどうしてわかるのだ？　染次に頭を下げていた理由だってわからないのだ」

「そうですが、それを亮吉兄いに調べてもらえれば」

「いい」

文蔵は大声を出した。

「いいか、これは俺の命令だ。先に、十右衛門殺しを片づける。亮吉、峰吉。どうだ」

「わかりやした」

「孝助もいいな」

「へい」

「よし。十右衛門は来月に還暦の祝いに大食いの会を催すことになっていた。ところが、これに反対する輩《やから》が脅迫の文を送っていたんだ。飯を満足に食べられない者がいるのにとんでもないということだ」

文蔵は三人の顔を順繰りに見て、

「つまり、飯を満足に食べられない者の誰《だれ》かがやったのだ」

と、考えを述べた。

そうではないと、孝助は思った。千代丸から聞いた話では脅迫の文の内容は考えも文章も整然としていたという。

「孝助、何か違う考えがあるのか」

文蔵が孝助の顔を見た。

「いえ」

「構わねえ、言ってみな」

「それじゃ」

孝助は居住まいを正して、

「飯を満足に食べられない者たちの中の誰かということも考えられます。が、冷静に世の中を見ている者が飯を食えない者たちの代弁者として立ち上がったとも考えられるんじゃないかと」

「冷静に世の中を見ている者とはどういった連中だ？」

「風雅を求める文人墨客《ぶんじんぼっかく》たちですが、このようなひとたちは大食い会に眉《まゆ》をひそめても脅してやめさせることまではしないと思います」

「そうだ。その上、殺しまでしているのだ」

「はい。そうだとすると、常に世間に対して不満を持っている者たちのほうがことを起こしやすいような気がします」

「常に世間に対して不満を持っている者たちとはどんな連中だ？」

「わかりません」

「わからねえだと？」

文蔵が憤然とする。

「いえ、そういうのはどこにもいるんじゃないかと。たとえば、いい腕がありながら仕事に恵まれない職人とか、主人に疎《うと》まれて出世が出来ない商家の奉公人だとか……。ただ、これらの者は脅しはともかく、殺しまでするとも思えません」

「孝助、何が言いたいのだ？　もってまわった言い方をしねえで、はっきり言うんだ」

「へえ。何の根拠もねえんですが、脅しの文を出した者と殺しは別物ではないかと。はっきりいえば、脅しの文を利用して十右衛門殺しを企《たくら》んだ者がいるのではと」

「なんだと」

「いえ、そういうことも考えられるのではないかって思ったんです。飯を満足に食べられない者がいるのに食べ物を無駄にする大食いは許さないという者は大食い会の中止を求めても、殺しまではしないと思うのです」

「うむ」

文蔵は唸《うな》り、

「するってと、十右衛門を恨んでいる者を探したほうがいいというわけか」

「へえ。ですが、この考えにも疵《きず》があります」

「へえ、下手人は脅迫の文の内容を知っている者に限られてしまいます。文に、大食いの会を中止にしないと殺すと書いてあったことを知って殺しを企てたのですから」

「するってと、下手人は十右衛門の近くにいるということか」

「そういうことになります。でも、そうだと言っているわけじゃありません。飯を満足に食べられない者の誰かがやったということは十分にあり得ます」

「両面か」

文蔵は唸るように言い、

「亮吉はどう思う？」

と、顔を亮吉に向けた。

「あっしは孝助の考えに頷《うなず》けます」

「峰吉はどうだ？」

「あっしも、孝助さんの考えがいいと思います」

峰吉は勇んで言う。

「どうしてだ？」

文蔵がきいた。

「疵だと？」

「えっ？」

「どうして孝助の考えがいいと思ったのだ？」

「それは……」

　峰吉は少し焦ったようだったが、

「飯を満足に食えない者は匕首《あいくち》を持って殺しをする元気なんてないんじゃないかと思って……」

　と、苦し紛れに言った。

「そうか」

　文蔵は満足そうに頷き、

「よし、十右衛門一本に絞ろう」

　と、決断した。

「親分、それは……」

　孝助は心配した。

「なんだ？」

「そこまでするのはちと」

「峰吉が言うことが案外当たっているかもしれねえぜ。飯を満足に食えない者に殺しをする元気はないかもしれねえ。それに、最初に文を投げ入れた男を見ていた番頭の話では、男は一目散に逃げて行ったそうだ。いずれも、飯を満足に食ってない者の動きではねえからな」

文蔵は微苦笑し、

「じゃあ、これから十右衛門のことを調べる。まずは『十字屋』に行き、家族にあってきいてみる。そのあと、亮吉と峰吉は同業の札差に、孝助は十右衛門が呑《の》み食いしている料理屋や船宿で聞き込みをするのだ」

「わかりました」

孝助は答える。

「では、行くか」

「へい」

三人が同時に返事をした。

孝助ら三人は先に外に出て、文蔵を待った。

「染次殺しの件はおかしいな。あんなにむきになって」

亮吉が小声で言う。

「探索をさせまいとしているようだ」

峰吉も答える。

「やはり、心当たりがあるようだ」

「出てきた」

格子戸が開いたので、孝助があわてて言う。

「どうしたんだ？」

文蔵が三人の顔を見回した。

「何がですかえ」

亮吉がきき返す。

「俺の悪口を言っていたんじゃねえのか」

「まさか」

亮吉がおかしそうに笑った。しかし、ぎこちなかった。

「まあ、いい」

不快そうな顔で、文蔵は先に立った。

孝助らは互いに顔を見合わせて、文蔵に従って蔵前に急いだ。

『十字屋』は大戸が半分開いていた。今が扶持米《ふちまい》の支給の時期で休むわけにはいかないので、急ぎのことだけに対応しようとしているのだろう。

文蔵は三人を引き連れて家人の出入り口から入り、十右衛門の亡骸《なきがら》が安置されている部屋に案内されて向かった。

線香の煙がたちこめている。十右衛門は逆さ屏風《びょうぶ》の前で北枕《きたまくら》で寝かされていた。そばに妻女らしい女と、倅《せがれ》と思える三十前後の男がいた。

文蔵はホトケに手を合わせてから、

「ホトケの前できくのも何だが、これも早く下手人を捕まえるためだと思って我慢してくれ」

と前置きして続けた。

「十右衛門は誰かに恨まれているようなことはなかったかえ」

「かなり強引なひとでしたから、面白く思っていないひとも多かったと思います。でも、殺したいほど恨まれることはなかったはずです」

妻女は涙に濡《ぬ》れた顔を向けて答える。

「父はかなり威張っていました。なんでも自分で決めて、相手が素直に従わないとすぐ癇癪《かんしゃく》を起こしたりしましたが、それで恨まれるようなことはなかったと思います。それに、やさしい面もあって、困っているひとを見れば手をさしのべてやるようなところもありました」

　倅が弁護をするように言う。

「そうですかえ」

「大旦那の逆鱗《げきりん》に触れ、お店《たな》をやめさせられた奉公人はおりますかえ」

　孝助が口をはさんだ。

「あの、うちのひとを殺したのは脅迫の主ではないのでしょうか」

　妻女が不審そうにきいた。

「念のためにきいています」

「そうですか」

「どうなのでしょうか」

　妻女は倅と顔を見合わせてから、

「ひとり、お店の金を使い込んだ奉公人がおりました。うちのひとは激しく怒って追い出しましたが、訴えることはしませんでした」

「その奉公人の名は？」

　文蔵がきく。

「春吉《はるきち》という二十二歳の男です」

「いつのことですかえ」

孝助がきく。

「去年の十一月です」

「半年ほど前ですね」

孝助は春吉のことが気になった。それこそ、飯も食えずにひもじい思いをしているときに、大食いの会の話を聞いたら逆恨みをして……。

「春吉がどうしているか知りませんか」

「いえ」

「春吉と仲のいい奉公人はいますかえ」

孝助はきく。

「勘助《かんすけ》が親しかったはずです」

倅が答える。

「これから勘助と会わせてもらいたい」

文蔵が言う。

「はい」

倅が立ち上がった。

「亮吉と峰吉とで話を聞いて来い」

文蔵は亮吉に声をかける。

「わかりやした」

峰吉を促して、亮吉は立ち上がり、倅のあとについて行った。

「内儀さん」

文蔵が声をかける。

「こんなことをきくのは何だが、下手人を捕まえるためだと思って我慢してくれ」

「なんでしょうか」

妻女は怪訝《けげん》そうな顔をした。

「十右衛門に妾《めかけ》はいたのかえ」

「……」

妻女は俯《うつむ》いた。

「いたんだね」

「はい」

「どこに住んでいるんだ？」

「今戸だそうです」

「今戸？　名は？」

「おひさです。深川の仲町《なかちょう》の芸者だったと聞いています」

「内儀さんも認めているのか」

「はい」

「妾はひとりだけですかえ」

孝助はきいた。

「そうだと思いますが」

「十右衛門が死んだことを妾には？」

「まだ、知らせには行っていません。あとで、番頭さんに行ってもらおうと思っていますが……」

「番頭はおひさのことをよく知っているのか」

「はい。うちのひとに頼まれて、お手当てを持って行ったりしています」

「おひさとは長いのか」

「五年ぐらいだと思います」

「五年か。今は二十……」

「二十五だと思います」

「内儀さん、また失礼なことをお訊《たず》ねして申し訳ありませんが」

孝助が遠慮がちにきいた。

「十右衛門さんは外に子どもは？」

「いえ、ありません」

妻女はきっぱりと言った。

「その他、十右衛門と特に親しい間柄の者はいるか」

文蔵が確かめる。

「いえ。思い浮かびません」

「そうか。わかった」

ちょうど弔問客がやって来たので話を切り上げた。

部屋を出てから、店のほうにまわって番頭に会った。

「これは親分さん」

番頭は腰を折った。

「十右衛門の妾のおひさのことを教えてもらいたい」

文蔵が切りだした。

「はい」

番頭は緊張した顔をした。

「おひさは仲町の芸者だったそうだが？」

「はい。七、八年前にお座敷で知り合い、五年前に身請《みう》けしました」

「最近のふたりの様子は？」

「様子でございますか」

「仲がいいか。あるいは喧嘩《けんか》が多いか」

「喧嘩しているようには思えませんでした。まったくふつうでした」

「おひさに若い男はいなかったのか」

「いないと思いますが……」

番頭は自信なさそうに答える。

「いるかもしれないと思うのか」

「いえ、そうじゃありません。私はそこまで立ち入っていないので……」

「では、特に十右衛門からおひさのことで愚痴のようなものを聞いたことはないか」

「ありません」

番頭は首を横に振った。

「おひさの住いを教えてもらいたい」

「はい。今戸町の『鶴の家』という料理屋の先を……」

　孝助は思わず声を上げそうになった。妾の家が『鶴の家』の近くだという。文蔵の表情は読み取れなかった。

　住いを聞いて、外に出た。

　すでに亮吉と峰吉が待っていた。

「どうだ？」

　文蔵が亮吉にきいた。

「春吉は深川の佐賀町《さがちょう》にある搗米屋《つきごめや》の『山元屋《やまもとや》』で働いているということです」

「搗米屋で？」

「ええ。『山元屋』の主人は『十字屋』の並びになる札差《ふださし》で働いていたことがあるそうです。これから行って確かめてきます」

「そうか。俺たちは十右衛門の妾のところに行ってみる」

「十右衛門に妾がいたのですか」

「そうだ。妾に男がいたかもしれねえ」

「そうですか」

「妾の家は今戸なんだ」

孝助は亮吉に言う。

「今戸……」

孝助が『鶴の家』があるところだと言ったのだと、亮吉はわかったようだ。

「よし、夕方、俺の家に来い」

「わかりました」

亮吉は返事をして峰吉といっしょに浅草御門のほうに去って行った。

孝助は文蔵について今戸に足を向けた。

二

四半刻《しはんとき》（三十分）あまりで、今戸にやって来た。

今戸橋を渡り、隅田川沿いをしばらく行くと、『鶴の家』の黒板塀が見えてきた。

孝助は文蔵の顔を窺《うかが》う。文蔵は厳しい顔でまっすぐ前を見ている。『鶴の家』の門前を過ぎ、木立の向こう側に瀟洒《しょうしゃ》な家が現れた。

「あそこでしょうか」

孝助が前方を見て言う。

「そうらしいな」

文蔵は二階家を見上げて言う。

孝助は小さな門を入り、格子戸の前に立った。

「ごめんなさい」

戸を開け、孝助は奥に向かって呼びかけた。

すぐ脇《わき》にある部屋から、婆《ばあ》さんが出てきた。

「すまねえ。おかみの御用を預かる文蔵親分だ。おひさはいるかえ」

孝助は言う。

「少々お待ちを」

婆さんは奥に行った。

代わりに、年増《としま》の細身の女が出てきた。

「おひさです」

不審そうな顔で、おひさは孝助と文蔵の顔を見た。

「札差の『十字屋』の十右衛門を知っているな」

文蔵がきいた。

おひさは急に顔を強張《こわば》らせ、

「旦那に何か」

と、きいた。

「昨夜、亡くなった」

「えっ？」

おひさは目を見開き、

「まさか」

と、悲鳴のように言う。

「昨夜、殺されたのだ」

「殺された……」

おひさの驚愕《きようがく》ぶりは芝居とも思えなかったが、大仰にも思えた。

「殺されたことで何か心当たりはあるか」

文蔵はきく。

「大食いの会のことで、脅されているけど、脅しには屈しないと言ってました。ひょっとして、脅しの主が？」

「いや、まだわからねえ」

文蔵は首を横に振り、

「ところで、おめえさんはここに誰と住んでいるんだえ。あの婆さんは？」

「住み込みで働いてもらっています。あとは私だけです」

「訪ねてくるのは？」

「『十字屋』の番頭さんだけです。あとは、旦那といっしょに千代丸さんがお見えになりました」

「千代丸さんって幇間《ほうかん》の？」

孝助は確かめる。

「そうです。『鶴の家』さんに行った帰りにいっしょに寄られたりします」

「『鶴の家』ですか」

孝助は文蔵の顔を盗み見する。微《かす》かに顔をしかめている。

「あなたも『鶴の家』に十右衛門といっしょに行ったことはあるんですか」

「はい。何度か」

「わかった」

文蔵は答え、

「ちときくが、おめえさんは深川の仲町にいたそうだな」

「はい」

「源氏名《げんじな》は何だったんだ？」

「小次郎《こじろう》です」

「男名か」

「はい」

「今もつきあっている朋輩《ほうばい》はいるのか」

「たまに遊びに来たりします」

「さっきは訪ねてくるのは番頭と千代丸だけだと言ったが？」

「それは男のひとのことかと思って」

「男？　俺は訪ねてくるのはと、きいただけだ」

「早合点していました」

「早合点だと？」

「はい。すみません」

「だが、どうして男だと早合点したんだ？」

「すみません」

また、すみませんと同じことを言った。

「すみませんじゃねえ。どうして男だと早合点したんだときいているんだ」

「ですから、なんとなくそう思い込んで」

「まあいい。で、今もつきあっている朋輩は？」

「喜代次《きよじ》姐《ねえ》さんです」

「喜代次だな」

「喜代次がいる子供屋は？」

子供屋は娼妓《しょうぎ》や芸者を抱えているところだ。客はここから娼妓や芸者を呼び出す。

「『真澄家《ますみや》』です」

「わかった。また、聞きにくるかもしれねえ。邪魔した」

文蔵はそう言い、引き上げた。

外に出てから、

「何だか匂《にお》うな」

と、文蔵が顔をしかめた。

「ええ。男だと思ったのは、男を意識していたからですね。それに、十右衛門が死んだと告げたとき大仰に驚きましたが、あまり悲しんでいるようには思えませんでした」

「そうだ。やはり、男がいるな」

文蔵は口許《くちもと》を歪《ゆが》めて言う。

「どうしますか、近所で聞き込んでみますか」

「いや、出入りしている男を見ていたとしても、どこの誰とまではわかるまい。朋輩だった喜代次に確かめる必要はあるが、知っているかどうか」

文蔵は首を傾《かし》げたが、

「孝助、何もわからないと思うが、深川まで行ってくれねえか」

「わかりやした。これから行ってみます」

孝助は即座に答えた。

「頼んだぜ」

「じゃあ」

孝助は裾《すそ》をつまんで今戸橋のほうにかけた。

『鶴の家』の前を過ぎたところにある木立の中に隠れた。そこから来た道を見る。

しばらくして、文蔵の姿が見えた。

『鶴の家』の前に差しかかって、文蔵は足を止めた。そして、『鶴の家』に入って行った。思ったとおりだった。

孝助は門まで小走りになった。覗《のぞ》くと、文蔵は土間に入って行った。

客のわけはない。『鶴の家』の主人を呼び出しているのだろう。しばらくして、文蔵と『鶴の家』の主人らしい男が出てきた。

ふたりは庭木戸を抜けた。他人に聞かれないように人気のない場所に移動したのだろう。近付きたいが、そうはいかなかった。

孝助は踵《きびす》を返し、深川に向かった。

一刻（二時間）後、孝助は深川の永代寺門前仲町《えいたいじもんぜんなかちょう》にやって来た。

『真澄家』という子供屋をやっと探しあて、格子戸を開けた。

「ごめんなさい」

年増の女が出てきた。白粉《おしろい》を塗っているが、着物は普段着のようだ。これから支度にかかるのだろう。

「あっしはおかみの御用を預かる文蔵親分の手先で孝助と申します。こちらに喜代次姐さんはいらっしゃいますか」

「喜代次は私だけど」

丸顔の愛嬌《あいきょう》のある顔だ。

「ちょうどよかった。以前、こちらにいた小次郎こと、おひささんを知っていますか」

「ええ……。おひさちゃんが何か」

喜代次は警戒ぎみにきいた。

「おひささんが蔵前の札差『十字屋』の十右衛門に囲われていることは知っていますね」

「ええ、知っているけど」

喜代次は不安そうな顔になった。

「十右衛門は昨夜亡くなりました」

「まあ、ほんとうですか。急なことで」

「殺されたのです」

「えっ」

喜代次は顔色を変えた。

「おひささんに隠れて通う男がいたかどうかわかりませんか」

「さあ」

喜代次は首を傾げた。

「さあとはどういう意味ですか。いるかもしれないということですか」

孝助は問い詰めるようにきく。

「おひささんの家に遊びに行ったとき、裏に枕絵《まくらえ》が描《か》かれた煙草入れが置いてあったんです。何気なく手にとって、これ、十右衛門の旦那のときいたら、違うのよとあわててひったくったんです」

「そんとき、どう思いましたか」

「情夫でもいるのかと思いました。でも、おひささんはそんな素振りは見せなかったですけどね」

「そうですか。で、喜代次姐さんがおひささんの家に行ったのはいつですかえ」

「ひと月ほど前だったかしら。朝早く行って夕方に帰ってきたわ」

「わかりやした。失礼しました」

「あっ、待って」

喜代次が呼び止めた。

「おひささんに情夫がいたら、どうなるの？　まさか、情夫を疑うってこと？」

「いちおう調べてみるだけです」

「そう。それより、十右衛門の旦那が亡くなって、おひささん、どうなるの？」

「さあ、あっしにはわかりません。でも、ご家族はおひささんのことはご存じのようですから、それなりのことはしてもらえるんじゃありませんか」

「それならいいんだけど」

「じゃあ、失礼します」

孝助は『真澄家』の土間を飛び出した。

永代橋に向かいかけてふと思いだし、佐賀町に足を向けた。亮吉と峰吉が佐賀町の搗米屋の『山元屋』に春吉を訪ねて行っている。

『山元屋』を探していると、目の前を亮吉と峰吉が歩いて行く。

「亮吉兄い、峰吉」

孝助は小走りになって声をかけた。

「孝助じゃねえか。どうしたんだ?」

亮吉が振り返った。

「十右衛門の妾のおひさの朋輩を訪ねた帰り、亮吉兄いたちを思いだしてこっちにやってきたんだ」

「そうか。『山元屋』に春吉を訪ねたが、いなかった」

「やめていたんですかえ」

孝助は眉根を寄せた。

「いや、そうじゃねえ。出かけていたんだ。帰ってくるのを待っていたので遅くなった」

「で、どうだったんで」

「奴じゃねえ。主人にきいたら、昨夜は夜も働いていたと言っていた。念のために、春吉を待って、十右衛門が殺されたことを伝えた。まじで、驚いていた」

「そうですかえ」

「孝助さんのほうはどうなんだ？」

峰吉がきいた。

「その朋輩がおひさの家に遊びに行ったとき、裏に枕絵が描かれた煙草入れが置いてあったそうだ。十右衛門のものではない。おそらく、情夫がいるのだと思う」

「そうか。情夫が誰か探らねばならねえな」

亮吉が言う。

「それより、おひさの家を出たところで深川に行くと言って俺は親分と別れた。だが、気になって先回りして待っていたら、親分は『鶴の家』に入って行ったんだ」

「『鶴の家』に？」

「主人を呼び出し、ふたりで何か相談でもしているようだった」

「やはり、親分は『鶴の家』の主人と関わりがあるようだな。面白くなってきたぜ」

亮吉は含み笑いをした。

三人は両国橋《りょうごくばし》を渡り、浅草御門から蔵前を通って駒形までやって来た。

「いっしょだと何か勘繰られるといけねえ」

亮吉が言うので、用心して別々に帰ることにした。


孝助が先に東仲町の文蔵の家に行った。同心の丹羽溜一郎が来ていた。

孝助が居間に顔を出すと、ふたりははっとしたように話を中断した。

「すみません。大事なお話の最中でしたか」

孝助があわてて引き返そうとすると、

「待て」

と、文蔵が呼び止めた。

「気遣いは無用だ。座れ」

「へい」

孝助はふたりから少し離れて腰を下ろした。

「亮吉兄いたちはまだですか」

「うむ。まだだ」

文蔵は言ってから、

「先におめえの話を聞こう」

と、孝助を促した。

「わかりやした。『真澄家』の喜代次から話を聞いてきました。喜代次はおひさに情夫がいるかどうかわからないと言ってました。ただ、ひと月ほど前、おひさの家に遊びに行ったとき、裏に枕絵が描かれた煙草入れが置いてあったそうです。手にとって十右衛門の旦那のかときいたら、違うのよとあわててひったくったといいます」

「裏に枕絵だと?」

文蔵の目が鈍く光った。

「にやけた野郎か。やはり、情夫がいそうだな」

「喜代次もそんな印象を持ったようです」

「だからといって、情夫が十右衛門を殺したとは言えぬが、調べてみる必要はあるな」

丹羽溜一郎が口を入れた。

「へい」

「もう、亮吉たちも帰ってきていいはずだが」

文蔵が呟《つぶや》いたと同時に足音がした。

「遅くなりやした」

亮吉と峰吉が入ってきた。

「おう、待っていた」

文蔵が声をかける。

「親分、春吉はシロですぜ。昨夜は店で働いていたと亭主が言ってました」

亮吉が報告する。

「そうか。残ったのはおひさの情夫だけか」

文蔵が呟く。

「親分、まだ札差仲間に十右衛門の評判をきいていませんぜ」

亮吉が思いだして言う。

「そうだ。十右衛門を恨んでいる者がいるかもしれない。それを確かめねばならぬな」

溜一郎が口をはさむ。

「へえ」

文蔵は頷き、

「亮吉と峰吉で札差仲間に十右衛門の評判をきいてまわれ。孝助はおひさの情夫を探るのだ」

「何かとっかかりがあるか」

溜一郎が孝助にきいた。

「十右衛門のお気に入りの千代丸という幇間がいます。あちこちついていっていますので、案外と十右衛門のことをよく知っているようです。まずこの男に当たってみます」

「十右衛門が妾の情夫のことを知っていると思っているのか」

亮吉が示し合わせていたように口をはさんだ。親分の前では、今までどおりいがみ合っていることにしようと打ち合わせたのだ。

「いや、十右衛門が妾に疑いを持っていたかどうかがわかればいいんだ。もし疑いを持っていたら、情夫が十右衛門を殺そうとする理由がわかるんじゃないか。おひさにしたら、あの家から叩き出されるかもしれない。だから、その前に十右衛門を殺《や》った……」

「そうだな。気づかれていなければ、情夫が十右衛門を殺す理由はないことになる」

文蔵は応じる。

「よし。それでいい」

溜一郎は満足そうに言った。

「親分、ちょっと思ったのですが、十右衛門はおひさと共に『鶴の家』に上がっていたようじゃありませんか。今度の還暦の祝いも『鶴の家』でやるということでした。十右衛門と『鶴の家』の主人は親しかったんじゃないでしょうか」

「親しいっていったって、料理屋の主人と客の間柄でしかねえ」

「『鶴の家』の主人は十右衛門とおひさのふたりと懇意にしていたんじゃありませんか。一度、『鶴の家』の主人に会って……」

「必要ねえ」

文蔵は低い声で言った。

「でも、『鶴の家』の主人に話をきいたら、思いがけない話も出てくるかもしれません。どうでしょうか、あっしに『鶴の家』の主人との……」

「いい。必要はない」

「……」

「孝助」

溜一郎が孝助の顔を見て、

「『鶴の家』の主人のことは文蔵の言うとおりだ。話を聞いても、無駄だ」

孝助は唖然《あぜん》とした。溜一郎も文蔵といっしょになって、『鶴の家』を守ろうとしている。そのことが不思議でならなかった。

三

翌日、十右衛門の弔いがあり、谷中《やなか》の菩提寺《ぼだいじ》の山門の前で、孝助は弔いを終えて引き上げてくるひとの群れの中に千代丸を見つけた。

孝助は千代丸に声をかけた。

「千代丸さん」

もともと小粋《こいき》な男だが、喪服のほうがかえって男の色気が漂っていた。

「これは孝助さん」

千代丸は沈んだ声で言う。

「千代丸さん、ちょっといいですかえ」

「ええ」

千代丸はひとの群れから抜け出てきた。

「大旦那の妾のおひささんのことなんですが」

孝助は切りだす。

「千代丸さんは、大旦那に連れられて今戸の家に行ったことがあるそうですね」

「ええ、何度か」

「どういうわけでいっしょに?」

「近くにある『鶴の家』で大旦那とおひささんが食事をするとき、あっしがにぎやかしにお呼ばれすることがありましてね。その帰り、家まで招かれました」

武家地を抜けて、不忍池の辺に出た。

「妙なことをお伺いしますが、おひささんが大旦那に隠れて他の男と親しくしていたとかいうことはありませんでしたか」

孝助は確かめる。

「そんなことはないと思いますよ。なんでそんなことを?」

千代丸は少し憤然として言う。

「下手人を見つけるために考えられることをすべて潰《つぶ》していかなければならないんです」

「そうですか」

「では、大旦那はおひささんに情夫がいるなどと疑っている様子はなかったのですね」

「もちろんです」

もっとききたいことがあるようだが、すぐ思いつかない。

池の辺に水茶屋があったので、

「千代丸さん、ちょっとあそこで休んでいきませんか」

と、誘った。

「ええ」

千代丸はついてきた。

腰掛けに座ると、婆さんが煙草盆を持ってきて、孝助と千代丸の間に置いた。

婆さんに甘酒を頼んでから、

「大旦那は脅迫の主に殺されたのではないんですか」

と、千代丸がきいた。

「さっきも言いましたように、いろいろな場合を考えているのです」

「……」

千代丸は黙った。

「大旦那を恨んでいる者はおりますかえ」

孝助はきいた。

「いや、殺したいほど恨んでいる者はいません」

千代丸は否定した。

婆さんが甘酒を運んできた。

「下手人は大食いの会の中止を求めて脅してきた者とはっきりしているのかと思ってましたが、違うのですか」

千代丸が甘酒を一口すすってきいた。

「おかしいとは思いませんか」

孝助も甘酒を口に含んでからきいた。

「何がですか」

「大食いの会までまだ間があります。会の間際で殺すならわかりますが、早過ぎませんか。まるで、急ぐ理由があったような気がしてなりません」

「……」

千代丸は無意識のように煙草入れをとり出した。

煙管をとり、刻みを詰め、煙草盆を手にとって火を点《つ》けた。

「脅迫の主はなぜ、殺しを急いだのか」

孝助は続ける。

「大旦那は用心棒を雇う前日に殺されているのです。用心棒を雇われては困る、それで急いだのではないですか」

「でも、文にはその日のうちに決めないと殺すと書かれていたのです。だから、家族があわててお役人に訴えたのです」

「そうですね」

「もっと早く用心棒の手当てがついていればこのようなことにはならなかったと思うのですが」

千代丸は煙管を口にくわえた。

「あの夜、千代丸さんは先に柳橋の船宿に着いたのですね」

「そうです」

煙を吐いて、千代丸は答える。

「なかなか来ないので様子を見に行ったら……」

「きょうの弔いにおひささんはいらっしゃってましたか」

「いえ、来ていなかったようです」

「呼ばれなかったのでしょうか」

「それはないと思いますが」

千代丸は煙管の雁首を灰吹《はいふき》に叩いて、

「そろそろ行きましょうか」

と、煙草入れに煙管を仕舞った。

何気なく煙草入れを見ていた孝助は突然心ノ臓が早鐘を打った。

「千代丸さん、その煙草入れ」

孝助は声をかける。

「これですか」

千代丸は掲げた。

「面白い図柄ですね。ちょっと拝見させていただけませんか」

「どうぞ」

千代丸は寄越した。

孝助は煙草入れの蓋《ふた》の裏を見た。

「枕絵ですね」

「そう、四十八手が描かれているんです」

「こういうのを持っているひとは他にいるのでしょうか」

孝助はさりげなく確かめる。

「吉原《よしわら》で働いている連中なら持っているんじゃありませんか」

「そうですか」

千代丸は立ち上がり、婆さんに茶代を払いに行った。

孝助は馳走《ちそう》するというのを断り、自分のぶんを払った。

水茶屋の前を弔いの帰りの一行が歩いて行く。

「千代丸さんは吉原の中にお住まいなのですか」

「そうです」

「吉原のどこですか」

「江戸町《えどちょう》一丁目の裏長屋です」

千代丸は警戒ぎみに答えた。

弁天島の前を過ぎ、上野山下から下谷車坂町《くるまざかちょう》の角を浅草方面に曲がる。稲荷町から新堀川にかかる菊屋橋の手前で吉原に向かう千代丸と別れ、孝助は橋を渡った。

孝助の脳裏に枕絵が描かれた煙草入れが焼きついている。喜代次がおひさの家で見たのと同じものだとはっきり言い切れないが、千代丸のものに間違いないような気がする。

おひさの情夫が千代丸だということがあるのか。幇間が自分が仕える旦那の妾に手を出すなんて……。

もし、このことに十右衛門が気づいていたとしたら……。いや、おひさに情夫がいるらしいと気づいても、まだ相手が千代丸だとはわかっていなかった。千代丸はいずれは自分のことが明らかになる、そうなったら、十右衛門から烈火の怒りを買い、半殺しの目に遭い、商売も続けられなくなると恐れたのだろうか。

自分のことがばれるその前にいっそと考えたのだろうか。

還暦の祝いの催しに大食いの会を考えて勧めたのは千代丸だ。千代丸は脅迫の文を送り、あたかも下手人が大食いの会に反対する輩の仕業であるかのように偽装したのではないか。

雷門前から吾妻橋の袂《たもと》を経て、聖天町に近づいたとき、ふとおひさのことを思いだし、まっすぐ今戸橋に向かった。

『鶴の家』の前を過ぎ、おひさの家に着いた。

格子戸を開けて、

「ごめんなさいな」

と、孝助は声をかける。

奥から婆さんが出てきた。

「おかみさんはいるかえ」

「いえ、きょうは旦那の弔いで出かけました」

小さく丸い目を向けて、婆さんは言う。

「弔いに出かけた？」

千代丸は来ていないと言っていた。

「婆さん」

「はい」

「ここに、よく幇間の千代丸は忍んできていたかえ」

「いえ、千代丸さんは旦那といっしょのときに何度かやってきたことがありますけど、ひとりでは来ませんよ」

「来ない？」

妙だな、と孝助は呟く。

「他に男は来るかえ」

「いえ」

婆さんは澄ました顔で否定する。

口止めされているのかもしれないと、孝助は疑った。そう思うと、婆さんのやさしそうな顔が歪んで見えた。

「じゃあ、また出直す」

孝助は格子戸を出た。

おひさはどこに行ったのだろうか。弔いには行っていないのだ。ぶらぶら考え事をしながら『鶴の家』までやってきたとき、『鶴の家』の塀の脇の路地からおひさが小走りにやって来るのが目に入った。

おひさは孝助に気づかずに自分の家のほうに向かった。

孝助はおひさが出てきた路地に入って行った。塀の反対側は木立が続いている。突き当たり、塀に沿って曲がる。

『鶴の家』の裏口に出た。

やはり『鶴の家』から出て来たのだろうか。そこで何をしていたのか。誰かと会っていたにしても、なぜ裏口から出てきたのか。

孝助はおひさの家に戻った。

格子戸を開け、

「ごめんなさいな」

と、孝助は声をかけた。

さっきの婆さんが出てきて、

「また、おまえさんかね。おかみさん、まだですよ」

と、平然と言う。

「そんなことはないよ、婆さん。もう一度、確かめてきてもらいたい。帰ってきたのを見ていたんだからね」

「……」

婆さんは黙って立ち上がった。

婆さんと入れ代わって、おひさが出てきた。

「なんですね」

「きょう、十右衛門の弔いに行かなかったようだが？」

「行きたいのはやまやまですけど、遠慮したんですよ」

「遠慮？」

「だって囲い者ですからね」

「だが、向こうの家族はおまえさんのことを知っているのだ。参列しても何も言われないはずだ」

「そうは言っても……」

おひさは煮え切らない。

「さっき来たとき、出かけていたが、どこへ行っていたんだえ」

孝助はおひさの顔を窺う。

「近くのお寺さんですよ。そこで、旦那の供養をしていたんです」

『鶴の家』のことを隠している。

「なんという寺で？」

孝助は問い掛ける。

「名前なんて知りません」

「知らない？」

「すみません。もういいですか」

おひさは露骨に顔を歪めた。

「わかった。邪魔をした」

引き返しかけて、ふと思いだしたように、

「喜代次が言っていたんだが、ここで枕絵が描かれた煙草入れを見つけたと言っていた。あれは誰のものだ？」

「枕絵？」

「そうだ。裏に枕絵が描かれた煙草入れだ」

「さあ」

「十右衛門のものではないな」

「ええ」

「千代丸のものではないのか」

「さあ、どうだったかしら」

おひさはとぼける。

「千代丸も同じようなものを持っていた」

「そうですか。じゃあ、千代丸さんのものかもしれませんね。旦那といっしょに来たとき、忘れて行ったのかしら」

のらりくらりと言い逃れているような気がした。

「千代丸がひとりで来たときに忘れて行ったのではないのか」

「千代丸さんはひとりでは来ませんよ」

「その煙草入れはどうしたんだ？」

「思いだしました。旦那に渡しました」

今度ははっきり言う。

答えはあやふやだ。何かあると思わざるをえない。その感触を摑《つか》んだだけでもよしとしなければならなかった。

「わかった。邪魔したな」

孝助はおひさの家を出た。

再び『鶴の家』の前に出たとき、孝助は大食いの会が『鶴の家』で行なわれることになっていたのを思い出した。

十右衛門が死んで、中止だ。『鶴の家』も痛手だろうと思った。ただ、かねてから不思議に思っていたことがある。

『升や』の嘉右衛門と橘三幸は『鶴の家』の料理に手厳しかった。味以上に、食べ物に作り手やもてなす側の心が込められていなければ一流の料理とはいえない。

『鶴の家』の主人には料理に対する明確な自分の考えがないのではないか。主人は客にこういう思いを伝えるのだという考えで、板前に料理を指示するのだ。あるいは優れた板前はそういう思いで料理を作っている。

いわば板前は料理で客に何かを訴え、客は板前の心を感じ取る。そこで、もっとも崇高な会席料理の場が出来上がるのだ。

本所石原町でいかがわしい連中に料理を出していた男が修業もなしに会席料理など出せるはずがない。

『鶴の家』の主人は自分に会席料理の素養がないことを知っていたのかもしれない。だから、染次に頼んで有能な板前を引き抜こうとしていたのではないか。

具体的に誰を引き抜こうと決まっていたのだろうか。だが、相手に断られて、引き抜きは失敗したのだ。

あっと、孝助は声を上げそうになった。

染次は池之端仲町にある『美都家』という料理屋の板前だった。その当時、染次が教え導いた信吉は今は一人前の料理人になっていた。

『美都家』の女将は、信吉も引き抜きに遭っていたと言った。ひょっとして、『鶴の家』ではなかったのか。

『鶴の家』の主人は染次に信吉の引き抜きを頼んだ。染次の頼みなら信吉は聞き入れるだろうと思ったか。

だが、失敗した。それで、染次を殺したのか。だが、この理由ではぴんとこない。

事件の前日、『鶴の家』の主人は粂次に頭を下げていたのだ。信吉から断られ、もう一度、信吉を説き伏せてくれと頼んでいたのか。その説得を拒否されたからといって、即座に殺そうとするだろうか。

最後の頼みから時間を置かずに殺しに走っているのだ。その辺りのことはわからないが、ともかく引き抜きは『鶴の家』だったのかを信吉に確かめなければならない。


その夜、また文蔵の家に集まった。

「亮吉から聞こう」

文蔵が亮吉を促す。

「へい」

亮吉は膝《ひざ》を少し進め、

「札差仲間に聞いてまわりましたが、妻女が言うように傲慢《ごうまん》なところはあるが、ひとから恨まれるような男ではないということでした。これは何人もの札差から聞きました」

と、話した。

「御家人などへの借金の催促もそれほど激しくないので、そっちからの恨みもないはずだということです」

　峰吉が続けた。

「恨んでいる者はいないってことか」

　文蔵は顔をしかめ、

「こうなると、やはり妾の情夫か」

と言い、孝助に顔を向けてきいた。

「情夫のほうは手掛かりが摑めたのか」

「よくわからないんです」

　孝助は正直に答える。

「わからないとはどういうことだ？」

「へえ、じつは千代丸が言うのは、十右衛門はおひさに情夫がいるとは疑ってもいないということでした」

「おひさを信じていたということか」

「あくまでも千代丸の話です」

「なんだ、何かあるのか」

「ええ。千代丸の煙草入れの裏に枕絵が描かれていたんです。おひさの家で喜代次が見たものと同じだと思います」

「千代丸がおひさに確かめました。でも、なんだかんだと言い逃れをするのです。千代丸が同じようなものを持っていると言うと、はじめてそうかもしれないと答えました」

そのときのやりとりを、孝助は一切話した。

「やはり、千代丸がおひさの情夫だな」

文蔵が決めつけた。

「ところが、ちょっと変なんですよ」

「変だと？」

「へえ」

孝助はおひさが十右衛門の弔いに行かなかったと言ってから、

「それでおひさの家に行ったら、おひさは出かけていたんです。あの家の婆さんも一筋縄でいかないんですよ。おひさに言い含められていて、正直に話してくれません。諦《あきら》めて、おひさの家を出て『鶴の家』に近づいたら、裏口に向かう路地からおひさが出てきました。おひさは十右衛門の弔いに行かず、『鶴の家』で誰かと会っていたんじゃないかと思ったんです」

「……」

　孝助は文蔵の顔色が変わったのを見逃さなかった。亮吉も『鶴の家』の名が出ると、
文蔵の顔を見据えていた。

「千代丸は弔いに参列してましたから相手は千代丸ではありません。ただ、誰かと会うにしてもなんで裏口から出てきたのかわかりません。おひさが家に帰ったあと、もう一度訪ね、どこに行っていたかきくと、近くの寺で十右衛門の供養をしていたと偽りを言いました。『鶴の家』に行っていたことを隠しています。なぜ、『鶴の家』に
……」

「よし、いい」

　文蔵は孝助の話を遮《さえぎ》った。

「ご苦労だった。みな、もういいぜ」

「えっ？」

「もう引き上げていいって言っているんだ」

　文蔵が強い口調で言う。

「峰吉」

文蔵が峰吉に言う。

「おめえも今夜は実家に帰りな」

峰吉は山谷町の紙漉《かみす》き職人の伜だ。文蔵の家に住み込んでいるが、ときたま山谷の実家に帰っている。

「たまには実家でゆっくりしてこい」

「でも」

峰吉は困惑ぎみに、

「まだ、事件が解決したわけではないので」

と、きく。

「いい。きょうまでよくやってくれた。おめえたちが調べてくれたことを持って、これから丹羽の旦那と相談してくる。だから、帰っていいんだ」

文蔵は有無を言わさなかった。

「じゃあ、そうさせていただきましょう」

孝助が亮吉と峰吉の顔を見て言う。

「そうだな。じゃあ、親分、これで」

亮吉は立ち上がった。

「うむ、ご苦労だった」

文蔵は厳しい顔で言う。

孝助たちは外に出た。

「親分はほんとうに丹羽の旦那のところに行くのだろうか」

亮吉が疑問を口にした。

「いや、そうじゃねえ。『鶴の家』だ」

孝助は確信した。

「『鶴の家』？」

峰吉がきき返す。

「そうだ。親分の様子が変わったのは『鶴の家』の名が出たあとだ。『鶴の家』の名を聞いて何か思いついたのだ」

「よし。『鶴の家』の近くで見張ってみよう。ほんとうに『鶴の家』に行くかどうか。親分のあとをつけるのは気が引けるが、俺たちが『鶴の家』を見張っているときに親分がやってきたということなら、もしあとでばれても十分に言い訳がつく」

亮吉が考えを述べた。

「それがいい」

孝助もすぐ応じた。

それから、三人は今戸に向かった。

すでに暗くなって『鶴の家』の軒行灯《のきあんどん》に明かりが灯《とも》っていた。

三人は川っぷちの草むらに身を隠した。ここから、『鶴の家』の門がよく見える。

暗くなって大川には屋根船が出ていた。『鶴の家』の門に客が入って行く。だが、客はまばらだった。

草むらに隠れて四半刻あまり経《た》って、峰吉が低い声を出した。

「来た」

孝助と亮吉は『鶴の家』の門を見る。手拭《てぬぐ》いを頭からかぶっているが、文蔵であることは間違いなかった。

文蔵は門を行き過ぎ、塀の角を曲がった。おひさが出て来た路地だ。

「『鶴の家』の裏口に向かうのだ」

孝助は言う。

「よし、行こう」

亮吉が草むらを飛び出し、路地に向かう。

路地の入口に立ったが、奥は暗かった。微かに人影が見えたが、すぐ見えなくなった。曲がったのだ。

三人は路地に入って行った。

塀の角を曲がると、『鶴の家』の裏口に出た。

「やっぱり、ここに来たな」

亮吉が呟く。

「なにしに来たんだ?」

峰吉がきく。

「『鶴の家』の主人に会って、あることを確かめるのではないか」

孝助は推し量った。

「あることって?」

「さっきの孝助の話の流れからして、おひさの相手は『鶴の家』の主人ではないかと思ったのではないか」

亮吉が想像する。

「亮吉兄いの言うとおりだと思う」

孝助は続ける。

「おひさの家に情夫が来た形跡はない。出入りをしていれば、男の影に十右衛門も気づくはずだ。おひさが『鶴の家』の主人の私室に出入りをしていると考えれば話がわかる」

「親分はそのことにも気づいたのではないか」

亮吉の考えに、孝助は頷いた。

「おそらく、『鶴の家』の主人に女がいることは知っていたんじゃないか。ただ、相手が誰かまで知らなかった」

「でも、なぜ、親分はこのことを俺たちに隠しているんだ」

峰吉が疑問を口にした。

「十右衛門殺しに『鶴の家』の主人が関わっていると考えたのか。あくまでも、『鶴の家』の主人を守ろうとしているのだ」

亮吉が答える。

「いや」

孝助は否定する。

「亮吉兄い、ここにいては親分が出てきたときに見つかってしまう。さっきの場所に戻ろう」

「よし」

孝助たちは路地を出て、大川べりの草むらの中に隠れた。

「孝助、さっきの続きを」

　亮吉が促す。

「へえ。おひさの相手が『鶴の家』の主人だとしたら、千代丸は関係ない。だから、千代丸の言うことが信用できる。となれば、十右衛門はおひさに情夫がいるなどとは疑っていなかったようです」

「つまり、『鶴の家』の主人が十右衛門を殺す理由はないというわけか」

　亮吉は首を傾げて言う。

「でも、千代丸が気づいていないだけで、十右衛門はおひさを信じていなかったかもしれないじゃないか」

　峰吉が異を唱えた。

「確かに、そうとも考えられる」

　孝助も唸った。

「やっ、親分が出てきた」

　亮吉の声に、路地を見る。

　頭から手拭いをかぶった文蔵が辺りを見回し、さっと通りに出て急ぎ足になった。

　文蔵は今戸橋のほうに小走りに向かった。

三人はただ黙って見送った。

翌朝、孝助は池之端仲町にある『美都家』に行った。

土間に入って行くと女将《おかみ》が出てきたので、信吉を呼んでもらった。

しばらくして、信吉が庭のほうからやって来た。

「先日はどうも」

信吉は微笑《ほほえ》みながら、

「また、何か」

と、きいた。

「すみませんね。ちょっと確かめたいことがあって。信吉さんは他の料理屋から引き抜きの誘いがあったそうですね」

「ええ、染次さんを通して。でも、きっぱりお断りしました」

「ちなみに、その料理屋はどこですか」

「それは……」

信吉は躊躇《ちゅうちょ》した。

「何か」

「すみません。名前を出すのはご勘弁願えますか。私が断ったということが万一世間に知れたらその料理屋さんに迷惑がかかるかもしれません。いえ、孝助さんがどうのこうのと言うのではありません。私の気持ちとして……」

「わかります」

孝助は頷いてから、

「では、これだけ教えていただけませんか。信吉さんに声をかけてきたのは今戸にある『鶴の家』ではありませんか」

と、確かめた。

「いえ」

「えっ？」

孝助は思わずきき返した。

「『鶴の家』さんではありません」

「『鶴の家』ではない？」

孝助は唖然としてきいた。

「はい。私に声をかけてくださったのは向島《むこうじま》の大きな料理屋さんです。『鶴の家』さんではありません」

嘘《うそ》をついているようには思えなかった。信吉がそこまでして『鶴の家』の名誉を守る謂《い》われはないはずだ。

「染次さんから『鶴の家』の話を聞いたことは？」

「いえ、ありません」

「ない？」

孝助は自分の考えがもろくも崩れて行くのを感じた。

染次に頭を下げていたのは『鶴の家』の主人ではないかと考えたのは、文蔵の反応からで、そのこと以外では何らの証がないのだ。

すべて、文蔵の動きからの考えでしかなかった。染次に頭を下げていたのは『鶴の家』の主人ではなかったのかもしれない。

振り出しに戻ったのか。孝助は愕然《がくぜん》とするしかなかった。もし見当違いをしていたとしたら、無駄足を踏んでいる間に、真相からどんどん遠ざかってしまっている。それより、『鶴の家』の主人だけでなく、文蔵にもあらぬ疑いをかけてしまったことになる。

「何か、あったのですか」

悄然《しょうぜん》とした孝助を心配して、信吉が声をかけた。

「いや、なんでもありません。よけいな話を持ち込んで申し訳ありません」

孝助は頭を下げて引き上げた。

「あっ、孝助さん」

信吉が呼び止めた。

「なんですね」

孝助は引き返した。

「思い出したことがあります」

「思い出した？　何をですか」

「染次さんから『鶴の家』の話を聞いたことがあります」

「ほんとうですか」

孝助は食いつくように信吉の顔を見た。

「料理の味に話が及んだときのことだったと思います。どんな腕のいい板前も、料理屋の主人に客へのもてなしの心がなければ板前の腕は死んでしまう。そういう話をしていて、金儲《かねもう》けが第一の主人がやっている『鶴の家』のような料理屋の板前が可哀《かわい》そうだと言ってました」

「『鶴の家』の板前が可哀そう？」

「はい。『鶴の家』の板前の腕は悪くないが、主人に料理の心がないからすべてをだめにしていると手厳しく言ってました」

「染次さんは『鶴の家』で会席料理を食べたことがあるのですね」

「いえ。『鶴の家』の主人の料理への考えをきけば、食べなくてもわかる。うまいはずはないと言ってました」

そういえば、後日、『升や』の嘉右衛門と絵師の橘三幸がふたりで『鶴の家』に行った。その帰りに、『樽屋』に寄ったのだ。ふたりは『鶴の家』の味を酷評していた。

「『鶴の家』さんを貶《おとし》めるようなことを言いたくなかったのですが……。ほんとうに染次さんがそう言ったかどうか確かめることが出来ないのに私がこんなことを話していいか迷ったのですが」

「お気持ちはわかります。お話ししていただいて助かりました」

孝助は礼を言い、信吉と別れた。

孝助は混乱した頭の中を整理しながら帰り道を急いだ。

今までの経緯を振り返ってみると、最初に幇間の千代丸が『樽屋』にやって来て、還暦の祝いの大食いの会を『鶴の家』でやると言ってきた。

次に、染次の死体が発見された。殺される前日の夜、羽織を着た男が染次に何かを頼んでいた。そのとき、背後に三十半ばぐらいの頬骨の突き出た鋭い顔つきの男が立っていた。この男が染次を殺したのではないかと考えている。

問題は染次に頭を下げていた男が誰かだ。『鶴の家』の主人だとしたら、染次に何を頼んでいたのか。

板前の引き抜きではなかった。『鶴の家』の主人は別の件で染次に頼んでいたのだ。

その後、十右衛門が殺された。おひさの情夫の件ではという疑いも、千代丸によって否定されている。

十右衛門はおひさに情夫がいるなどとは思っていなかったのだ。ただ、おひさには情夫がいたらしい。相手は『鶴の家』の主人ではないかと思われる。だとしたら、ますますおひさの情夫が十右衛門を殺したという考えは成り立たなくなる。情夫が『鶴の家』の主人だとしたら、還暦の祝いに『鶴の家』を使ってくれる十右衛門を殺すはずがない。せっかく大きな儲けが見込める催しを壊すことはしまい。

そこまで考えたとき、孝助はあっと叫んだ。

それから四半刻後、孝助は衣紋坂《えもんざか》から吉原大門《おおもん》をくぐり、仲の町《なかのちょう》の通りを行く。昼見世のはじまる九つ（正午）を目当ての遊客がぞろぞろ歩いている。

仲の町通りの両側に、各町の木戸門がある。孝助は江戸町一丁目の木戸門をくぐった。

妓楼と妓楼の間にはそば屋、酒屋、荒物屋などの小商いの店が並んでいる。千代丸の住いを聞いて裏長屋に向かった。

長屋木戸を入ると、ちょうど厠《かわや》から出てきた千代丸を見かけた。

「千代丸さん」

孝助は声をかけた。

「おや、おまえさんは」

千代丸は目を丸くした。

「すみません。ちょっと確かめたいことがあって」

「そうですか。中に入りましょうか」

「いいえ、すぐ済む話です。千代丸さん、還暦の祝いを『鶴の家』でやることになっていましたね」

厠の脇のゴミ箱のほうに移動してきいた。

「ええ」

「なぜ、『鶴の家』でやることになったのですか」

「おひささんの勧めです」

「妾のおひささんですね」

「そうです」

「なんで、おひささんは『鶴の家』を勧めたのでしょうか」

「景色もいいところにあるし、料理もうまい。家からも近いということでした」

「料理がうまい？」

「へえ。ただ、会席料理はたいしたことはないという噂《うわさ》でしたので、大旦那もいったんは『鶴の家』に決めたものの場所替えを考えていました」

やはり、そうだったのかと孝助は思った。

「十右衛門は『升や』の嘉右衛門と絵師の橘三幸を知っていたのですか」

「私が引き合わせました」

「染次という男は？」

「嘉右衛門さんか三幸さんから、味のわかる男だということで引き合わされたそうです」

「場所替えを考えたのは、嘉右衛門さんや三幸さんからの忠告を受けてですか」

「そうです」

千代丸はあっさり答えた。

「もうひとつ、千代丸さんはおひささんの家に枕絵が描かれた煙草入れを忘れたことはありませんか」

「大旦那について家に寄ったとき、忘れてきたことがありました。忘れたというか……」

「なんですか」

「引き上げるとき、なかったんです。おひささんが隠したのではないかと思ったんですが、そんなことは言えません」

「なんで、おひささんが隠したと思ったのですか」

「ずいぶん煙草入れの枕絵に興味を持っていたので……。それで、あとで大旦那におひささんの家に煙草入れを忘れてきたと話したら、数日後に返ってきました、やはりおひささんが枕絵に興味を持って、あとで楽しむために隠したそうです。決して悪気はなかったということでした」

「なるほど。そういうわけだったのですか」

「このことが何か」

「ええ、大きな手がかりになりました」

孝助は礼を言って長屋を飛び出し、勇躍して吉原を出ると、浅草田圃《たんぼ》を突っ切って引き上げた。

第四章　再興

一

下谷広小路を突っ切り、孝助は新黒門町の『升や』にやって来た。

絵草紙や浮世絵が並んでいる店先に立って、以前に会ったことのある店番の若い男に声をかける。

「少々、お待ちを」

若い男は、

「旦那《だんな》」

と、奥に呼びかけた。

すぐに鬢《びん》に白いものが目立つ嘉右衛門がやって来た。

「孝助さんじゃないか、さあ、上がらないか。今度の試食のことで話があったんだ。ちょうどよい」

「いえ、その件は後日」

　孝助はあわてて言い、

「お訊《たず》ねしたいことがあります。札差《ふださし》『十字屋』の十右衛門さんをご存じですね」

「知っている。幇間《ほうかん》の千代丸の引き合わせでお会いした」

「還暦の会のことで何かきかれたことはありましたか」

「ああ、『鶴の家』の会席料理はどうだときかれた。まだ行ったことがないというと、食べてきてくれと頼まれたんだ。それで、確かめに行った帰りにおまえさんの店に寄ったというわけだ」

「十右衛門さんはどうして嘉右衛門さんにそんなことを頼んだのでしょう」

「染次さんから『鶴の家』の料理は期待出来ないときいたそうだ。それで気になって、俺たちに味を確かめさせたというわけだ」

「染次さんは『鶴の家』の主人を知っていたんですか」

「以前、『鶴の家』に板前を世話したことがあったそうで、その板前から主人のいやしい気持ちをきかされていたそうだ」

「いやしい気持ち？」

「金をかけずに見映えのいい料理を作れというのが基本だそうだ。客が残したものの使い回しは当たり前。それで高い値段をとっていた。そんな料理屋に板前を送り届けたことを悔やんでいたんだよ」

「十右衛門は染次に味を確かめさせてから『鶴の家』の評価をきこうとしたが、その前に殺されてしまった。それで、嘉右衛門さんに『鶴の家』の会席料理の味を確かめてもらったというわけですか」

「そうだ」

「で、嘉右衛門さんは何と返事を?」

「もちろん、あそこはだめだと答えたよ。そしたら、場所を替えようと言っていた」

「そうですか」

「このことが何か」

嘉右衛門は怪訝《けげん》そうにきいた。

「いえ、なんでもないんです。すみません」

孝助は礼を言い、何かききたそうに声をかけてきた嘉右衛門を無視して駆けだした。

染次殺しも十右衛門殺しも、『鶴の家』の主人の仕業だ。実際に手にかけたのは三十半ばぐらいの頰骨《ほおぼね》の突き出た鋭い顔つきの男だ。

文蔵は染次と十右衛門を殺したのが『鶴の家』の主人の仕業だと気づいたに違いな

い。

孝助は東仲町の文蔵の家に顔を出した。文蔵は出ていた。もちろん、亮吉も峰吉も来ていない。

孝助は周辺の町の自身番に寄って文蔵が顔を出したかきいた。が、顔を出していないという。

孝助は蔵前の『十字屋』に行ってみようかと思ったが、こうなったらひとりでも突っ走るしかないと思い定めた。

孝助は今戸に向かった。

今戸橋を渡り、『鶴の家』の前を過ぎ、おひさの家にやってきた。

格子戸を開け、

「ごめんなさいな」

と、声をかけた。

いつもの婆《ばあ》さんが出てきた。

「また、おまえさんですかえ」

「いないのか」

「ええ」

「どこだ？」

「さあ」

「知らないのか」

「はい、知りません」

「また『鶴の家』だろう」

「……」

婆さんは目を見開いた。

「図星らしいな」

「違います。そこじゃありません」

「どこに行ったのか知らないのだろう」

「でも、『鶴の家』じゃないことはわかります」

「どうしてだ？」

「どうしてって……」

「婆さん、ほんとうのことを言うんだ。おひさの色男は『鶴の家』の主人だろう？

確か道太郎……」

「違います」

婆さんは悲鳴をあげるように叫んだ。

「いつからだ？」

「知りませんよ」

「ここに囲われたのは五年前からだ。もう、その頃《ころ》からか」

「違いますよ」

「じゃあ、四年前か、三年前か」

「……」

「おひさは十右衛門を嫌っていたのか」

「そんなことはありません」

婆さんはやっと口を開く。

「まあいい。邪魔したな」

「あっ、お待ちを」

婆さんが呼び止める。

「なんだね」

孝助は振り返る。

「おひさはそんな女じゃなかったんです」

婆さんはおひさを呼び捨てにした。

「婆さんはひょっとしたら……」

「ええ、あの娘の祖母です」

「そうだったのか」

「十右衛門の旦那は私たちをここで暮らしが立つようにしてくれたのに、あの娘は『鶴の家』の旦那に」

婆さんは涙声になった。

「『鶴の家』の主人はかみさんはいないのか」

「おります」

「かみさんがいるのに、おひさを連れ込んでいるのか」

「……」

「十右衛門は還暦の祝いを『鶴の家』でやることにしていた。これは、おひさが十右衛門に勧めたのだな」

孝助は千代丸から聞いたことを口にする。

「そうです。ここで、一生懸命話していました。『鶴の家』でやるのが一番いいと。十右衛門の旦那は、おひさがそれほどまでに言うのならと、『鶴の家』でやることにしたのです」

「だが、死ぬ前、十右衛門は『鶴の家』での開催を変更しようとした……」

「はい。おひさが懸命に縋《すが》っていました。そしたら、旦那がなぜ、そんなに『鶴の家』に肩入れをするのだと顔色を変えて……」

「十右衛門はふたりの関係に気づいたのだな」

「おひさは違うと叫んでいましたが、旦那は冷たい目でおひさを見つめていました」

「そうか」

これで、間違いないと思った。

「邪魔した」

「もし」

再び、婆さんが声をかけた。恐ろしい形相で、

「もしや、『鶴の家』の旦那が十右衛門……」

と、言いかけた言葉を呑《の》んだ。

「わからねえ。だが、おひさは関《かか》わっていないと思う。心配しないでいい」

「ほんとうですか」

「うむ、ほんとうだ」

婆さんをなぐさめるつもりで言ったが、『鶴の家』の主人が頬骨の突き出た鋭い顔つきの男にやらせただけで、おひさは何も知らないだろうとも思った。

「だから、そのことは心配しないでいい。ただ、『鶴の家』の主人とは別れた方がいい」

「はい、言い聞かせておきます」

孝助はおひさの家を出て、『鶴の家』の前に差しかかったとき、裏口に向かう路地に入って行く男を見て、はっとして立ち止まった。

細身の三十半ばぐらいの男だ。一瞬、頬骨の突き出た鋭い顔つきが目に飛び込んだ。男は路地を入って行く。孝助は川べりの草むらに身を隠し、男が出て来るのを待った。

陽《ひ》が傾いて行く。さらに辺りが暗くなった頃に、ようやく路地の入口に男の影が現れた。

さっきの頬骨の突き出た男だ。男は片手を懐に入れて、今戸橋のほうに向かった。

孝助は草むらから出て、男のあとをつける。

男はまっすぐすたすたと歩いて行く。今戸橋を渡り、花川戸から吾妻橋の袂《たもと》を過ぎて、駒形のほうに歩いて行く。

辺りは薄暗くなっていた。男の影が薄闇《うすやみ》に消えそうになったとき、男は足を止めた。駒形堂の前だった。男は駒形堂に入った。孝助は近付き、駒形堂の塀の脇《わき》にある植込みに身をひそめた。

ここで誰《だれ》かと会うのだろうか。孝助はじっと待った。

暮六つ（午後六時）の鐘が鳴り出したとき、新たな影が現れ、駒形堂に入って行った。

文蔵だった。孝助は草むらから出て駒形堂の入口に近づく。文蔵は本堂の手前にある石灯籠《いしどうろう》の前に立った。

辺りを見回し、さらに入口を気にした。さっきの男と待ち合わせたのではないのか。頬骨の突き出た鋭い顔つきの男の姿は見えない。

文蔵はいらだった様子で辺りを歩き回った。待ち人が来ないのだ。文蔵は本堂に向かい足を止めた。そのとき、孝助の目の端に何かが飛び込んだ。石灯籠の陰から黒い影が飛び出したのだ。白っぽく見えたのが匕首《あいくち》の刃だと気づいたとき、孝助は飛び出した。

文蔵は後向きで立っている。

「親分。逃げて」

孝助は叫んだ。

はっとしたように、文蔵は横に跳んだ。だが、切っ先が左二の腕をかすった。

「てめえ、何奴《なにやつ》だ？」

二の腕を押さえながら、文蔵が叫ぶ。男は黒い布で顔を隠していた。なおも、第二の攻撃をしかけようとした。

孝助は突進して賊に体当たりをした。賊は素早く孝助の突進を避《よ》けた。敏捷《びんしょう》な動きだった。

「孝助か」

文蔵が呻《うめ》くように言う。

「親分。だいじょうぶですかえ」

孝助は文蔵の前に立ち、賊と対峙《たいじ》した。

文蔵は賊に向かい、

「てめえ、誰の差し金だ」

と、問い質《ただ》す。

賊は匕首を構えて迫ってきた。凄《すさ》まじい迫力だ。脅すようにひょいと出す匕首の刃先が蛇のように襲ってくる。

孝助はそのたびにのけ反《ぞ》る。文蔵は傷が疼《うず》くのか、腕を押さえながら呻いた。

「親分、逃げてくれ。こいつは俺が」

そう言ったとき、賊が匕首を逆手に持って孝助に突き進んできた。孝助は腰を落として地を蹴《け》り、賊の腹を目掛けて飛び掛かった。

うまく賊の胴に絡みつき、そのままふたりは倒れ込んだ。その拍子に、賊が匕首を落とした。賊は孝助を振り払い、起き上がろうとしたが、孝助は賊の胴をしっかり抱え込んで放さなかった。賊は孝助の手を必死に引き放そうとした。

孝助の手の力が一瞬緩んだ隙《すき》をとらえ、賊は孝助の腕から逃れて立ち上がった。孝助も素早く起き上がった。

だが、賊は匕首を拾って構えた。

そのとき、黒い影がふたつ、駒形堂の入口に現れた。

「なにやってんだ」

男が怒鳴って駆けてきた。

「あっ、孝助」

「亮吉兄い。こいつが親分を襲った」

「あっ、親分」

峰吉が本堂の脇に逃れた文蔵に駆けよった。文蔵は腕を押さえてうずくまっていた。

「てめえ、何奴だ」

亮吉が怒鳴ると、賊はいきなり入口のほうに駆けだした。

「待て。待ちやがれ」

孝助と亮吉は追ったが、相手は素早く大川端を吾妻橋のほうに逃げて行った。

「素早い野郎だ」

亮吉が吐き捨てる。

「誰なんだ、あの男は?」

亮吉がきく。

「それより、親分を」

孝助は本堂の脇に急いだ。

「親分」

亮吉が声をかける。

「心配いらねえ。かすり傷だ」

文蔵が強がりを言う。

峰吉が手拭《てぬぐ》いで腕をきつく巻いていた。

「ともかく医者だ」

亮吉が言うと、孝助は肩を差しだし、

「親分、肩に」

と、声をかけた。

「歩ける。心配はいらねえ」

文蔵は強がりを言って立ち上がったが、うっと呻いた。

東仲町の家に帰り、医者の往診を頼んで治療を受けた。傷口の消毒と化膿《かのうど》止めの薬を塗りつけ、晒《さら》しを巻き付けた。

医者が帰ったあと、亮吉が文蔵にきいた。

「親分、襲った奴に心当たりは?」

「ねえ」

文蔵は顔を歪《ゆが》めて言う。

文蔵は隠しているのだ。なぜ、隠しているのか。『鶴の家』の主人を守ろうとしているのか。

しかし、さっきの賊は『鶴の家』から出て来たのだ。

「親分はどうして駒形堂に？」

孝助はきいた。

「なんでもねえ。気まぐれだ」

「気まぐれですかえ」

「それより、孝助はどうしてあそこに来たのだ？」

「駒形の『市太郎《いちたろう》ずし』という屋台の寿司屋《すしや》に行く途中、駒形堂にお参りをしようと思ったのです。そしたら、怪しい奴が……」

孝助は嘘《うそ》をついた。

「あっしたちは親分の家に行ったら、おかみさんが出かけたというので、親分のあとをたぐって駒形堂に」

亮吉が話した。

「ともかく、おめえたちのおかげで助かった。礼を言うぜ」

文蔵が頭を下げた。

「親分にそんな真似《まね》をされちゃ困ります」

孝助があわてて言う。

「親分、ゆっくり休んでください。明日の朝、また参ります」

亮吉が声をかけて立ち上がった。

孝助も峰吉も続いた。

外に出てから、孝助は声をかける。

「どこか話が出来るところで」

「大川端だ」

亮吉が言い、吾妻橋の袂から川のほうに向かった。さっきの駒形堂の近くには料理屋もあって賑《にぎ》わっているが、橋の下はひっそりとしていた。

「幾つかわかったことがあるんだ」

孝助は切りだす。

「あっしの勘だが、ほぼ間違いないと思う。まず、染次殺しは『鶴の家』の主人の道太郎が頬骨の突き出た鋭い顔つきの男にやらせたのだ。殺したわけは、十右衛門の還暦の祝いの会場が『鶴の家』から他の料理屋に変更されそうになったからだ。染次が味を確かめた上で十右衛門に『鶴の家』の料理はだめだと言えば、変更になってしまう。それを阻止するためだ」

孝助はその経緯《いきさつ》を話し、

「次に十右衛門殺しも『鶴の家』の主人の仕業だ。じつは、十右衛門の妾《めかけ》おひさの情夫が『鶴の家』の主人だったのだ」

「なんだって」

亮吉が思わず声を高めた。

「おひさの家にいる婆さんはおひさの祖母だそうだ。婆さんがそのことを教えてくれた」

「そうだったのか」

峰吉も驚いたように言う。

「十右衛門は染次から『鶴の家』の会席料理はだめだろうという考えを聞いて、『升や』の嘉右衛門と絵師の橘三幸に『鶴の家』の会席料理を食べてもらった。その結果、還暦の会の場所は『鶴の家』ではなくなったんだ。そのことを聞いたおひさがどうして『鶴の家』でやらないのだとむきになって訴えたことで、十右衛門はおひさと『鶴の家』の主人の関係を疑うようになったんだ」

「場所を変えられた恨みと、おひさとの関係がばれそうになったことで殺したのか」

「そうだと思う」

「でも、大食いの会の中止を求める脅しの文はもっと前じゃ……。そうか、脅しの文が届いていることを知って、それを利用したんだ」

峰吉が叫んだ。

「そうに違いない。脅しの文のことを十右衛門はおひさに話していたはずだ。おひさから『鶴の家』の主人に伝わっている」

孝助は想像を働かせる。

「それから、さっきの駒形堂の件だが」

孝助はさらに続けた。

「親分に話したのは嘘だ」

「何かあったのか」

「おひさの家からの帰り、『鶴の家』の裏口に通じる路地に、細身の三十半ばぐらいの男が入って行った。頬骨の突き出た鋭い顔つきだった。染次を殺《や》った男に違いない。で、出て来るのを待ってあとをつけた。行った先が駒形堂だ。隠れて様子を窺《うかが》っていたら、親分がやってきたってわけだ」

「親分はなにしに駒形堂に？」

亮吉がきいた。

「誰かを待っているふうだった。おそらく、『鶴の家』の主人ではないか」

「『鶴の家』の主人と待ち合わせていたというのか」

「そうだと思う。襲った賊は『鶴の家』の主人の命を受けて駒形堂で待ち伏せていたのに違いない」

「どういうことなんだ?」

峰吉が口をはさんだ。

「だってふたりは昔からの仲間じゃないのか」

「いや、親分が『鶴の家』の主人と交わりがあったような様子はなかった。十一年前の事件後、お互い付き合いを避けてきたのではないだろうか」

「確かに、親分が『鶴の家』に出入りをしていたって話は聞かなかった」

亮吉が厳しい顔をして言う。

「じゃあ、最近になって親分は『鶴の家』の主人に会いに行ったというのか」

「そうだ。染次が殺されたあとだ。東本願寺の前で染次に頭を下げていた羽織を着た男が誰か、親分は話を聞いてぴんときたんだ」

「でも、それだけでわかるかな」

峰吉が疑問を呈する。

「その背後にいた細身の三十半ばぐらいの男だ。羽織の男は後ろに手をまわし、指を結んだり開いたりしていた。親分はそれを聞いて、後ろにいた男に合図を送っていたとわかったのだ。かつて、そういうことがあったのではないだろうか。それで、親分は『鶴の家』の主人だと思ったのだ」

孝助の説明に、亮吉は首を横に振りながら、

「親分は『鶴の家』の主人を脅していたのだ」

と、ため息混じりに言った。

「そうだ。親分は染次殺しで『鶴の家』の主人を脅していたのだ。駒形堂での襲撃は『鶴の家』の主人の反撃だ」

大川に提灯《ちょうちん》の明かりを灯《とも》した屋根船が行き来していた。三人の間に、重たい沈黙が訪れていた。

二

翌日の朝から、孝助、亮吉、峰吉の三人は本所石原町に行った。

自身番に入って亮吉がきく。

「北町の丹羽溜一郎さまから手札をもらっている文蔵の手先の者でございます。ちょっとお訊《たず》ねしたいのですが、十年ほど前、この町内に『およし』という呑み屋があっ

たのですが、覚えていらっしゃるでしょうか」

「『およし』？」

店番の家主がきき返す。

「『およし』の主人は道太郎と言い、今は今戸にある『鶴の家』の主人です」

「それなら、木戸番の番太郎にきくがいい。よく行っていたはずだ」

奥から男が返事をした。自身番の番人だ。四十ぐらいだ。

「木戸番？　向かいの？」

「そうだ」

「ありがとうございます」

自身番から出て、木戸番屋に向かった。

荒物などを商っている、店番の女に亮吉が声をかける。

「すまねえ。木戸番の番人の……」

「さっきふとんに入りました」

妻女らしい女が答える。

「そうか、寝てしまったのか」

夜中の見廻《みまわ》りなどで起きているので、今頃眠るのだろう。

「仕方ない、出直すとしよう。起きるのは何刻頃か」

亮吉がきいたとき、奥で物音がした。

「なんでえ、俺に用かえ」

四十前と思える男が顔を出した。

「おまえさん、寝てなかったのか」

「騒々しいので目が覚めちまった」

「すみません」

亮吉は謝ってから、

「あっしは北町の丹羽溜一郎さまから手札をもらっている文蔵の手先の者です。ちょっとお訊ねしたいのですが、十年ほど前にこの町内にあった『およし』という呑み屋をよく知っていると聞いてきたんですが」

「『およし』なら覚えている」

「行ったことはありますか」

「ああ、たまにな。やっ、確か。文蔵っていうのは当時客で来ていた、あの文蔵か」

番人は驚いたようにいう。

「そうです。文蔵親分を御存じで」

「確か浅草辺りの地回りだったと思う。本所の武家屋敷で開かれる賭場《とば》に顔を出していた。賭場の帰りに『およし』に寄っていた」

「そうですかえ」

「あの男がおかみの御用を……」

番人は顔をしかめた。

「へえ。でも、今はまっとうに」

「それならいいが」

「ところで、その店に、当時で二十半ばぐらい、細身で敏捷そうで、頬骨の突き出た鋭い顔つきの男がいたのを覚えていませんか」

「奴かな」

「御存じで」

思わず、孝助が身を乗り出した。

「かなり、やばそうな奴だった」

「やばい？」

「ひとを殺したことがあるという噂《うわさ》があったからね」

「そうですか。なんていう名で？」

亮吉がきく。

「徳次《とくじ》って言っていたな」

「徳次ですか」

「ああ。間違いない。徳次だ」

「もうひとつ、お聞かせください」

孝助が口を開く。

「その当時、『およし』の客がふたり、今戸の料理屋で食中《しょくあた》りで死んだことがあったそうですね」

「そうだった。そんなことがあったな」

「どんなふたりだったのですか」

「遊び人だ。賭場に出入りをしていた男だ。文蔵とよく来ていた」

「文蔵親分と……」

「そうよ。確か、文蔵も死んだふたりといっしょに『なみ川』という料理屋に上がったはずだ」

「値が張る料理屋だったと思いますが、どうして上がることが出来たんでしょうね」

「文蔵が博打《ばくち》で大儲《おおもう》けをしたんだ。死んだふたりを誘って、『なみ川』に上がったが、ついてねえとはこのことだ」

「そうですか。文蔵親分が博打で大儲けをしたんですか」

そうではない。誰かから金が出ていたのに違いない。

「確か、亀二という料理人がいたそうですが」

孝助はここぞとばかりに問い掛ける。

「そうだ、深川の有名な料理屋の『平松』で食中りを出した。そんときの板前だ。『平松』をやめさせられたあと、『およし』に雇われた。『およし』の主人が『鶴の家』をはじめるとき、亀二は屋台のてんぷら屋をはじめたんだ」

この男はよく知っていた。

「なぜ、『およし』の主人が『鶴の家』をはじめることが出来たんですかねえ。元手はどうしたんでしょうか」

「それよ。当時、みな不思議がっていた。小さな呑み屋をやりながらこつこつ貯めたにしても、あれほどの料理屋を買い取ることなど出来やしねえ。だから、強力な後ろ楯《だて》があったんだろうという噂だった」

「どんな後ろ楯だったんでしょうか」

「いや、詳しいことはわからねえ。ただ、亀二を通して後ろ楯になる人物に出会ったんじゃないのか」

「後ろ楯になる人物？　たとえば？」

「そこまでわからねえ。ただ、『平松』の客だろう。材木問屋の主人か酒問屋の主人か、いずれにしろ羽振りのいい金持ちだ」

『鶴の家』にそんな後ろ楯がいるようには思えない。

そのとき、孝助はあっと気づいた。

「『平松』は大名家の留守居役の寄合《よりあい》にも使われていたらしいですね」

「そのはずだ。そういえば、亀二さんは留守居役の間でも料理の腕がいいと評判だったようだ」

「留守居役……」

なるほどと、孝助は思った。伊予諸角家の留守居役と亀二、そして『およし』の主人、さらに文蔵、死んだふたりの博徒……。繋《つな》がるのだ。

木戸番の男が大きなあくびをした。さすがに眠くなったようだ。

「いろいろありがとうございました」

孝助は礼を言う。

亮吉と峰吉も頭を下げて木戸番屋をあとにした。

「だいぶ収穫があったみたいだな」

亮吉がきく。

「十一年前の食中りの真相がだいぶわかってきた」

孝助は思わず拳《こぶし》を握りしめていた。

夕方、孝助ら三人は文蔵の家に行った。

「すみません、遅くなって」

亮吉が文蔵に謝った。

文蔵の左二の腕に痛々しく晒しが巻かれていた。医者が今、引き上げたばかりらしい。

「しばらく激しい動きは出来ねえ」

文蔵は悔しそうに言う。

「昨夜の賊ですが」

孝助が切りだす。

「あっしは奴の胴体に組み付いていっしょに倒れたとき、顔を見ました。頰骨の突き出た鋭い顔つきでした。歳《とし》の頃は三十半ばぐらい。細身で、動きは敏捷でした。親分」

孝助は身を乗り出し、

「東本願寺の前で染次に頭を下げていた羽織を着た男の背後にいた三十半ばぐらいの男に特徴がそっくりでした。染次殺しもその男の仕業だと思えます」

「……」

「親分、昨夜の男は染次を殺した男と同じでは……」

「……」

「親分。親分もそう思っているんじゃないですか」

「どうして、そう思うんだ」

文蔵は鈍い顔をしてきく。

「親分」

亮吉が口をはさむ。

「じつは東本願寺の前で染次に頭を下げていた羽織を着た男を見ていた者が新たに見つかったんです」

口裏を合わせての亮吉の言葉だった。

「その者がいうには、羽織の男は今戸にある『鶴の家』の主人だというのです」

「……」

文蔵が目を剝《む》いた。

孝助は文蔵を追い詰めるように、

「親分。十右衛門殺しですが、妾のおひさの情夫がわかりました。情夫は『鶴の家』の主人でした。十右衛門の還暦の祝いの大食いの会を『鶴の家』でやるように進言していたのはおひさだそうです。ところが、『鶴の家』の料理は不評で、十右衛門は『鶴の家』から別の料理屋に変えようとしていたそうです」

「……」

文蔵の目の焦点が合っていないようだ。孝助がさらに続けた。

「親分。ほんとうのことを言います。あっしが昨夜、駒形堂に行ったのは市太郎ずしとは関係ないのです。じつはおひさの家からの帰り、『鶴の家』の裏口に通じる路地に、細身の三十半ばぐらいの男が入って行ったのを見たのです。頰骨の突き出た鋭い顔つきでした。その男が出て来るのを待ってあとをつけて駒形堂に行ったのです」

「貴様ら、勝手に動いていたのか」

文蔵は癇癪《かんしゃく》を起こしたが、すぐ激痛が走ったのか顔をしかめて呻いた。

「勝手に動いていたのではありません。たまたま、大食いの会のことや料理屋番付なるものから耳に入った事柄を調べてみたんです。そしたら、『鶴の家』のことがわかったのです。染次殺し、十右衛門殺しは共に『鶴の家』の主人の仕業に違いありません。実際に手をかけたのは頬骨の突き出た鋭い顔つきの男です」

「親分」

亮吉が呼びかけ、

「頬骨の突き出た鋭い顔つきの男が誰かわかりましたぜ」

と、文蔵に迫るように言う。

「……」

文蔵は顔をしかめた。

「徳次って男です」

文蔵は顔色を変えた。

「『鶴の家』の主人が十一年前まで本所石原町で『およし』という呑み屋をやっていたときの常連のようです」

「……」

「そういえば、親分も昔は『およし』に顔を出していたとか」

孝助が迫る。

「おめえたち、何が言いたいんだ？」

痛みが走ったか、文蔵は顔を歪めた。

「親分、徳次を御存じじゃありませんか」

亮吉がきく。

「十一年前の話だ。今の徳次は知らねえ」

「『鶴の家』の主人は御存じなんですね」

「これも十一年前の話だ。今は知らねえ」

文蔵はとぼけた。

「徳次が『鶴の家』の主人の命令で親分を殺そうとしたのですぜ。なんで、『鶴の家』の主人が親分を襲うのですかえ」

亮吉が確かめる。

「亮吉兄い。『鶴の家』の主人は染次殺しと十右衛門殺しを親分に見破られたと思い、始末しようとしたんじゃないのか」

それまで黙っていた峰吉が口を入れた。

「おそらくそうだろう。これで、染次殺しと十右衛門殺しは『鶴の家』の主人の仕業と決まった」

「待て」

文蔵が焦ったように言う。

「その証《あかし》はないんだ」

「親分を襲ったのがなによりの証ではありませんか」

「俺を襲ったのが徳次という証はない」

「親分。あっしは徳次のあとを『鶴の家』からつけたんですぜ」

孝助は強く言い、

「親分は駒形堂で、『鶴の家』の主人と待ち合わせていたんじゃないですかえ。だから、徳次は先回り出来たんですよ」

「……」

文蔵は何か言い返そうとしたようだが、口をわななかせただけだった。

「親分は何のために『鶴の家』の主人に会おうとしたのですか」

孝助がなおもきいた。

「染次殺しを確かめようとしたのだ。証がなく、疑いだけだからだ」

文蔵がふてくされたように言う。

「その結果、襲われたのです。もはや、『鶴の家』の主人の仕業と考えていいのではありませんか」

「……」

「『鶴の家』の主人に疑いを向けていることを丹羽の旦那は知っているのですか」

亮吉がきいた。

「知らねえ。はっきりしてから知らせるつもりだった」

文蔵は苦しそうに答えた。

「ともかく、明日。丹羽の旦那を交えて今後の対応をとりましょう。親分、それでいいですね」

亮吉は文蔵に確かめる。

「うむ」

文蔵は憤然として頷《うなず》いた。

「じゃあ、引き上げるか」

亮吉の声と同時に孝助と峰吉も立ち上がった。

外に出てから、

「明日、丹羽の旦那に話して、場合によっては『鶴の家』に乗り込もう」

と、亮吉が言った。

「亮吉兄い、ちょっと気になるんだ」

孝助が戸惑いぎみに言う。

「なんだ？」

「あっちへ」

孝助は人気のない場所に移動して、口を開いた。

「文蔵は『なみ川』に上がって、連れてきたふたりの博徒に亀二がとり出したふぐの毒を呑ませたに違いない」

そのとき、別の部屋では、伊予諸角家の江戸家老渡良瀬惣右衛門が連れの侍にふぐの毒を呑まされ、同時に死人が出たのだ。

「その後、ひと殺しの文蔵に、丹羽の旦那は手札を与えているのだ。丹羽の旦那はどうして、文蔵なんかに」

「悪い奴のほうが岡《おか》っ引《び》きにはいいっていうじゃねえか。だからではないのか」

「客が死んだということで、あの当時、丹羽の旦那も『なみ川』に乗り込んで調べたはずだ。当然、そこで文蔵とも会っている」

「うむ、丹羽の旦那もぐるだというのか」

「いつぞや」

孝助は思い出す。

「親分の家に行ったら、丹羽の旦那が来ていた。俺に気づくと、ぱたっと話をやめてしまった。何だか奇妙な感じを持ったことがあるんだ。ふたりで何か内密な相談をしているようだった。時期は親分が『鶴の家』に行ったあとだ」

「ふたりは、金で『鶴の家』を見逃そうとしているというのか」

「考え過ぎだろうか」

「うむ」

亮吉は顎《あご》に手をやって考え込んだが、顎から手を離すと、

「よし。明日、『鶴の家』の主人から直《じか》に話をきくべきだとふたりで言い張ろう。それに対して、丹羽の旦那と親分はどう出るか」

「親分は証がないから無理だと言うんじゃないのか」

「そうだろう。勝負はそのあとだ」

「そのあと?」

「おそらく親分の家を俺たちが先に引き上げる。外で、丹羽の旦那が出て来るのを待って、相談がありますと訴えるんだ」

亮吉は思いつきを続ける。

「そこで十一年前の『なみ川』でのことを話すのだ。文蔵親分は『鶴の家』の主人と昔の仲間だ。罪を見逃すから金を出せと要求しているのではないかと話す」

「なるほど。それに対して、丹羽の旦那がどう出るか。手応《てごた》えをみるのか」

「そういうことだ。あくまでもこっちが丹羽の旦那に疑いを向けていないと思わすことも大事だ」

「わかった。やってみよう」

孝助は亮吉の考えに乗った。

すべては明日だとお互い意気込んで別れた。

三

亮吉と峰吉と別れ、孝助は『樽屋』に帰ってきた。賑やかな声が聞こえる。今夜もすでに客で立て込んでいる。

孝助が裏口にまわろうとしたとき、隣家の軒下の暗がりからふいと現れた男がいた。

「もし、孝助さんですかえ」

三十ぐらいの紺の股引《ももひ》きに尻端折《しりはしょ》りした男だ。

「そうですが」

「私は橋場《はしば》の『青葉家《あおばや》』という料理屋の下男でございます。お客さまの『升や』の嘉右衛門さんから頼まれてやってきたんです」

「嘉右衛門さんから？」

「ええ。今、橘三幸さんとふたりで『青葉家』に上がっております。至急、来てくれないかということです」

「何かあったのですか」

孝助は訝《いぶか》しくきいた。『青葉家』は有名な料理屋だ。

「わかりません。ただ、料理のことで、何か意見が対立しているような感じでした。いかがでしょうか」

「わかりました。行きましょう」

「では、ご案内いたします」

男は先に立った。

今戸橋を渡り、『鶴の家』の前を過ぎ、小走りに橋場に向かった。

「『青葉家』は真崎稲荷《まさきいなり》のちかくです」

ときたま、下男は孝助に声をかけてきた。

「『青葉家』は大名家の留守居役の寄合にも使われるのでしょうか」

孝助はきいた。

「たまに使われます。やはり、この界隈《かいわい》では、一番大きな料理屋でございますから」

「そうですか」

伊予諸角家の留守居役柴田金右衛門は深川にある『平松』の板前亀二がふぐ中毒騒ぎを起こしたことを知っていたのだ。その亀二を介して『およし』の亭主や客である文蔵たちとの結びつきが出来たのだ。

そんなことを考えていると、橋場の渡し場を過ぎ、真崎稲荷の裏手にやってきた。

「『青葉家』はこっちですか」

「こっちからのほうが近道なのです」

下男は暗いほうに足を向けた。

微《かす》かに不審を抱いたとき、いきなり下男が駆けだした。

孝助が呆気《あっけ》にとられていると、暗がりから侍がふたり出てきた。無精髭《ぶしょうひげ》をはやしたいかつい顔の侍と顎の長い侍だ。ふたりとも浪人のようだ。

孝助の行く手を遮《さえぎ》るように立ちはだかった。

「なんですかえ。先を急ぐんですがね」

　孝助は用心しながら声をかける。

「悪いが死んでもらう」

　いきなり、無精髭の侍が抜き打ちに斬《き》りつけてきた。孝助は予想していたので横っ飛びに倒れ込みながら逃れた。

　侍は追ってきた。孝助は素早く立ち上がり、

「誰に頼まれたんだ」

　と、問い質す。

　侍は剣を振り上げて迫った。孝助は後ろに退《ひ》いた。が、背後に顎の長い侍が待ち構えていた。

　孝助は横に逃げたが、松の大樹に逃げ道を阻《はば》まれた。

「誰に頼まれたんだ？『鶴の家』か」

　追い詰められて、孝助はなおも問い質した。

「知らぬ」

　無精髭の侍が答える。

「おぬしをここに引っ張ってきた男から頼まれた。あの男が何者か知らぬ。もう、いいか。覚悟を決めろ」

無精髭が上段から斬りつけてきた。孝助はしゃがんで落ちていた木の枝を拾い、思い切り振り回した。

無精髭の侍の動きが止まった。

「往生際の悪い野郎だ」

顎の長い侍が剣を突き付けた。

「観念することだ。もう、逃れられぬ」

ふたりの侍の剣がひたひたと迫ってきた。後ろはもちろん右にも左にも逃れられなかった。

こうなれば一か八かで、どちらかの侍の体目掛けて突進するしかなかった。その隙を窺っていると、

「気をつけろ。どっちかに体当たりをしてくるかもしれぬ」

と、顎の長い侍が見抜いて言う。

出端《でばな》を挫《くじ》かれ、孝助は唖然《あぜん》とした。

「観念したようだな」

無精髭が剣を振りかざした。顎の長い侍は孝助の動きを封じ込めるように剣の切っ先を向けている。

このような裏手に人通りはない。孝助にもはや逃げ道はなかった。斬られるのは承知で、ふたりの侍の間を勢いよく突破するしかない。斬られても命だけは守る。それしかなかった。

無精髭が剣を振り下ろす瞬間に、孝助は飛び出すように身構えた。

無精髭が動いた。そのとき、風の唸《うな》る音がした。次の瞬間、無精髭の侍が振り向いて剣を振った。

何かが剣に当たる乾いた音がした。足元に小石が転がった。

「何奴だ」

無精髭が振り返って叫ぶ。顎の長い侍も背後に顔を向けた。

「俺が相手だ」

暗がりから侍が現れた。ゆっくり近づいてきた。その顔を見て、孝助は思わず叫んだ。

「あっ、十郎太さん」

越野十郎太だった。細身の体に継ぎをあてたよれよれの単衣《ひとえ》の着流しは以前と同じものだ。

「孝助。もう心配いらぬ」

十郎太は剣を抜いた。

「そなたたち、俺が相手だ」

「おのれ」

無精髭が十郎太に斬り込んだ。十郎太はその剣を軽く弾《はじ》く。無精髭はよろけた。

「きさま」

顎の長い侍が十郎太に突進した。十郎太はその剣を受け止め、強い力で押し返す。

そして、相手の剣を巻き込むように押さえつけ、身動き出来なくさせた。

そこに無精髭が斬りかかった。素早く押さえつけていた剣を外し、十郎太は振り向きざまに剣を振り下ろした。

切っ先が腕をかすめ、無精髭の侍は呻きながら前のめりに倒れ込んだ。

「まだ、やるか」

十郎太は顎の長い侍に剣を突き付ける。

「早くこの者の手当てをせぬと、腕は二度と使えなくなる」

顎の長い侍は後退《あとずさ》って刀を鞘《さや》に納めた。無精髭の侍もよろけながら立ち上がり、暗がりに消えて行った。

「十郎太さん」

孝助は駆けよって、

「助かりました」

と、礼を言ったあとで、

「でも、そのお姿は？　帰参したのではないのですか」

「ご覧のとおりだ」

十郎太は厳しい顔で言う。

「それより、何があったのだ？」

「この近くにある『青葉家』に来てくれとの呼び出しでここまでやって来たら襲われたのです。おそらく、『鶴の家』の主人の差し金ではないかと」

「そうか」

「十郎太さんはなぜここに？」

「俺も『青葉家』だ」

「『青葉家』に何が？」

「……」

「十郎太さん」

「知らぬほうがいい」

「なぜ、ですか。なぜ、帰参すると偽《いつわ》ってあっしの前から消えたんですか」

「そなたに迷惑がかかるといけないと思ってな」

「迷惑ですって。いったい、十郎太さんは何を……」

そう思ったとき、『青葉家』に留守居役の柴田金右衛門が来ているのではないかと思った。

「まさか、留守居役の柴田金右衛門を？」

孝助が口にすると、十郎太は目を見開き、

「どうして、そう思うのだ？」

「十一年前のからくりがわかったんです。深川にある『平松』という料理屋は留守居役の寄合によく使われていたのです。そこで板前をしていた亀二がふぐを調理して中毒騒ぎを起こし、『平松』をやめさせられた。そのあと、亀二は本所石原町の『およし』という呑み屋で働いていました。一方、江戸家老の渡良瀬惣右衛門をどうしても事故に見せかけて始末しなければならなくなった者がいる。その意を受けて、留守居役の柴田金右衛門は家老が食中りで死んだように見せようと、亀二を探し出し、ふぐの毒を……」

「孝助」

十郎太が口をはさむ。

「証があるのか」

「ありません。ですが、そう考えればすべての辻褄《つじつま》が合うんです。渡良瀬惣右衛門だけが死んでは怪しまれるので『およし』の客だったふたりの博徒も犠牲にしたのです。ふぐの毒で死んだのですが、『なみ川』はふぐを出していません。それで食中りということになったのです」

孝助は自分の考えを述べた。

「今、あっしは文蔵の手先として、染次という男と札差の十右衛門を殺した下手人を追っています。この下手人が『鶴の家』の主人にほぼ間違いないのです。この件で追い詰め、十一年前の真相を喋《しゃべ》らせようとしているのです」

「そうか。とうとう、そこまで調べたか」

十郎太は感慨深く言う。

「ただ、あっしにはなぜ、江戸家老の渡良瀬惣右衛門を殺さねばならなかったのか、そのわけはわかりません。十郎太さんはそのわけがわかったのですね」

「向こうへ行こう」

「向こう？」

歩きだした十郎太のあとに従う。

十郎太がやって来たのは『青葉家』の門が見通せる木立の陰だった。

「今夜、留守居役の寄合があったのですか」

「いや、柴田金右衛門と親しい仲間だけの集いだ」

十郎太は柴田金右衛門を呼び捨てにした。

「黒幕は柴田金右衛門ですか」

「実質、取り仕切っていたのは柴田金右衛門だ」

「なぜ、江戸家老を殺さねばならなかったのですか」

「……」

「十郎太さん、この期に及んでもまだ話せないのですか」

孝助は責めた。

「そうではない。どう説明していいか考えているのだ」

十郎太は困惑したように言い、

「最近、殿が若殿を遠ざけているのは若殿が下僕を木剣でなぶり殺しにしたり、別の家来の片目を短剣で突いて失明させたりしたという粗暴な振舞いを嫌ってだと話した」

「ええ。あっしには信じられませんでした。それに、最初は聡明な子として家臣の期待を一心に集めていると十郎太さんは仰《おつしや》ってました」

「そうだ。十四歳になる宗千代君は聡明なお方だ。なのに、ご家老は世継ぎに反対していた。だから、柴田金右衛門はご家老を食中りに見せかけて殺したのだ」

「反対する理由はありません。ご家老は何を懸念していたのですか。それに、なぜ、最近になって殿さまは若殿を遠ざけているのでしょうか」

「確かに遠ざけていたようだ。だが、今は落ち着いている。世継ぎも正式に宗千代君に決まった」

「確か、近習頭《きんじゆがしら》の青井なんとかさまが腹を召されたと仰ってましたね」

孝助は十郎太が話していたことを思いだしてきく。

「青井彦四郎さまだ」

「ご家老が『なみ川』でお亡くなりになったとき、同席していたのが青井彦四郎なのですか」

「いや、青井彦四郎に命じられた金杉吾平《かなすぎごへい》という家来だ。わしの父の死も青井彦四郎の命を受けた金杉吾平の仕業だ」

「つまり、青井彦四郎と柴田金右衛門は通じていたということですね」

「そうだ」

「青井彦四郎はどんな役割を果たしていたのですか」

「宗千代君の父親だ」

「えっ？」

「主君の奥方は青井彦四郎とただならぬ仲になって身籠《みご》もった。この秘密は守られていたが、ご家老だけが青井彦四郎と宗千代君の顔立ちが似ていることに気づき、青井彦四郎を問い詰めた。青井彦四郎は懸命に否定したが、さらに追及が続くと思い、留守居役の柴田金右衛門に相談したのだ」

「そうでしたか」

「最近になって殿も宗千代君が自分に似ていないことから自分の子ではないと悟り、遠ざけ出した。だが、ひと月ほど前、青井彦四郎は宗千代君は殿の子に間違いないと遺書を残して自害された。それで、世継ぎ問題は解決したのだ。もし、殿がいなくなり、宗千代君が代を継いだあと、青井彦四郎が名乗り出たらお家は大混乱に陥る。それが、宗千代君が身を引いてくれたので、後顧の憂いがなくなったのだ。殿も、気持ちのわだかまりがなくなったのだろう」

「あっ、駕籠《かご》が」

孝助は『青葉家』の門から駕籠が出てくるのを見た。

「駕籠の横に立っているのが金杉吾平だ」

金杉吾平は肩幅の広い、がっしりした体つきの男だ。

「孝助、ここで別れよう」

「襲うのですか」

「ご家老と父の敵だ。討ったあと、俺は上屋敷に名乗って出る。おそらく、俺はただでは済むまい。これが今生《こんじょう》の別れだ」

「十郎太さん」

「よいか。ついてくるな。これは俺の問題だ」

そう言い、十郎太は駕籠のあとを追った。

孝助は気になりながらも後を追わなかった。十郎太なら必ず目的を果たすであろう。十郎太の成功を祈りながら、孝助は駕籠が行く道とは別の道を引き上げた。

四

翌日の朝、孝助が文蔵の家に行くと、すでに丹羽溜一郎が来ていた。

ふたりは厳しい顔をしていた。孝助が座ったあと、亮吉と峰吉がやって来た。

「そろったな」

丹羽溜一郎が口を開いた。

「文蔵から聞いたが、『鶴の家』の主人に疑いを向けているようだな」

「そうです。染次と十右衛門を殺したのは『鶴の家』の主人の命を受けた徳次って男です。『鶴の家』の主人が十一年前まで本所石原町で『およし』という呑み屋をやっていたときの常連です」

孝助が訴えるように言う。

「『鶴の家』の主人には染次と十右衛門を殺さねばならないわけがあります」

「どうでしょうか、旦那」

亮吉が口をはさむ。

「『鶴の家』の主人を問い質してみませんか」

「そこまでの証があるか」

丹羽溜一郎もやる気がないようだった。

「あります」

「もう少し、調べた上で……」

文蔵が言い出すのを、

「親分」

と、亮吉が制した。

「親分は徳次に命を狙《ねら》われたのですぜ。徳次を使っているのは『鶴の家』の主人です」

「だが、ほんとうに徳次だったかわからねえ」

「徳次が『鶴の家』から出て駒形堂に行ったのを、孝助が確かめているんですぜ」

亮吉が一歩も下がらずに言い、

「旦那、親分。これから『鶴の家』に乗り込みませんか」

と、尻《しり》を叩《たた》くように言う。

「しかしな」

丹羽溜一郎も煮え切らない。

「いってえ、何を遠慮しているんですかえ」

「遠慮？　ばかなことを言うな。下手人でもない者を捕まえたりしたらたいへんなことになるのだ」

丹羽溜一郎は憤然と言ってから、

「では、こうしよう。まず、おまえたち三人で『鶴の家』の主人に会いに行くのだ」

「俺たちだけで？」

亮吉が首を傾《かし》げた。

「文蔵が行ければいいが、この状態だ。とりあえず、おまえたちだけで行って感触を摑んで来い。それによって俺が出て行く。いいな」

有無を言わさぬように溜一郎は命じる。

亮吉が孝助の顔を見た。孝助は頷く。

「わかりました。やってみます」

「よし。だが、『鶴の家』で主人を問い詰めるのは客商売だけにまずいだろう。どこかに誘い出したほうがいいかもしれぬ」

溜一郎は厳しい顔で応じた。

「わかりやした。では、親分。三人で『鶴の家』に乗り込みます」

亮吉が文蔵に言う。

「うむ」

文蔵は不機嫌そうに頷いた。

「では、これから」

亮吉が言い、孝助と峰吉もいっしょに立ち上がった。

文蔵の家の外で、丹羽溜一郎が出てくるのを待った。が、待つほどのことはなく、溜一郎が孝助たちを追ってきた。

「おまえたちに話がある」

「へえ」

「ここじゃ、話が出来ねえ。東本願寺の境内がいい。そこに行こう」

そう言い、溜一郎はさっさと歩きだした。あわてて、三人はあとを追う。

東本願寺の裏門から入り、広い境内の人気のない場所に連れて行って、溜一郎が口に出した。

「じつはな。文蔵は『鶴の家』の主人とは昔からの知り合いなんだ」

「えっ」

孝助が思わず叫んだのは、その件を溜一郎が口にしたからだ。

「旦那。どういうことなんですね」

亮吉が困惑しているようだった。十一年前の『なみ川』でのことを話して、丹羽溜一郎がどう出るか、手応えをみようとしていたのだ。

「十一年前に今戸にあった『なみ川』で食中りがあり、客が死んだ。その件に『鶴の家』の主人と文蔵が絡んでいる」

孝助は旦那も一枚かんでいるんじゃないかという言葉を喉元《のどもと》で押さえ込み、

「旦那は親分に質したのですか」

「ああ。だが、とぼけている。そこで、『鶴の家』を問い詰めるとき、文蔵との関わりを問い質してもらいたい」

溜一郎は言い、

「俺はこれから文蔵の家に戻る。おまえたちはこのまま『鶴の家』に行け。いいな」

「へえ」

裏門を出て、文蔵の家に向かう丹羽溜一郎と別れ、孝助たちは今戸に足を向けた。

「驚いたぜ。旦那のほうから十一年前の話を持ちだすとはな」

亮吉が困惑ぎみに言う。

「自分は関係ないと逃げを打ったんじゃないのか」

峰吉が言う。

「そうかもしれない」

いや、それしか考えられないと思ったが、孝助は何か引っかかった。

今戸橋を渡り、『鶴の家』にやって来た。

「よし、行こう」

亮吉が先頭に立って、門を入った。

孝助は鳥肌が立って体が震えた。十一年ぶりに帰ってきた。『なみ川』の面影はないが、紛れもなく『なみ川』だと思った。

入口を入り、土間に立って、亮吉が声をかける。

女中らしい女が出てきた。

「文蔵親分の手先の三人だ。すまないが、旦那を呼んでくれないか」

亮吉が口にする。

「はい」

女中が引っ込むと、帳場から四十年配の男が現れた。柔和そうに笑みを作っているが、目は細く冷たそうだった。

「『鶴の家』の道太郎です」

腰を落として、『鶴の家』の主人が言う。

「俺たちは文蔵親分の手先だ」

亮吉が一歩前に出て、

「少しききたいことがある」

と、切りだした。

「さようですか。ここでは話が出来ません。じつはこれから橋場の鏡《かがみ》が池《いけ》のそばにあるお寺にいかねばなりません。そこで、お話をお聞きしたいのですが」

「わかった。いいだろう」

「支度をしてあとからお伺いします」

「では、先に行っている」

亮吉は答え、踵《きびす》を返した。

孝助は辺りを見回しながら土間を出た。

それから橋場の鏡が池に向かった。

池のほとりに寺があり、寺の裏は鬱蒼《うっそう》とした雑木林になっている。

寺の山門をくぐる。

「ほんとうに来るだろうか」

峰吉が不安を口にする。

「来る。来なければ、『鶴の家』に押しかける。そのことはわかっているはずだ」

孝助は吐き捨てるように言う。

それから四《し》半刻《はんとき》（三十分）後、若い男が近づいてきた。

「『鶴の家』の旦那がこの裏で待っているそうです」

「裏？」

「ええ、お伝えしましたぜ」

若い男は逃げるように去って行った。

「ともかく行ってみよう」

亮吉が言い、山門を出て、裏手にまわった。

そこに羽織姿の『鶴の家』の主人道太郎が立っていた。

「申し訳ありません。こっちまで来ていただいて」

道太郎が言う。

「ここなら誰にも聞かれる心配はない」

「はい」

道太郎は含み笑いをした。孝助はなんとなくいやな感じがした。

「お話とはなんでしょうか」

「染次と十右衛門の殺しだ」

亮吉がいきなりぶつけた。

「はて」

道太郎はとぼけた。

「札差『十字屋』の十右衛門が還暦の祝いに大食いの会を『鶴の家』でやることになった。妾のおひさが十右衛門に『鶴の家』でやるように勧めたからだ」

亮吉の話を孝助が引き取った。

「ところが、十右衛門は『鶴の家』の味の評判を気にし、染次に確かめようとした。『鶴の家』の板前を世話したのが染次だからだ。染次は十右衛門に聞かれて『鶴の家』の味に疑問を呈していた。だから、染次が『鶴の家』の料理を食べに来る前に、徳次という男に殺させたのだ」

「面白い作り話だ」

「作り話ではない。十右衛門は染次が死んだあと、『升や』の嘉右衛門に『鶴の家』の会席料理をためさせた。その感想を聞いて、十右衛門は還暦の祝いの場所を『鶴の家』から他に替えた。それだけでなく、妾のおひさがおまえさんと出来ていることがわかった」

「なんのことかさっぱりわからない」

道太郎は口許《くちもと》を歪めた。

「じゃあ、なぜ、文蔵親分を殺そうとしたんだ。染次殺しで、脅しを受けたからではないのか」

「知らないね」

「文蔵親分とおまえさんは昔なじみだ。十一年前に本所石原町の『およし』に通っていた客が岡っ引きになる前の文蔵親分だ」

「よくもすらすら作り話が出来るものだ」

「『平松』をやめさせられた亀二を拾ってやったおかげで運が向いてきた。伊予諸角家の留守居役の使いからある謀《はか》りごとを持ちかけられた。それで文蔵を使い、客できていたふたりの博徒を連れて『なみ川』に上がらせた。文蔵は亀二が調理をしたふぐの肝を持っていた」

「そうか。やはり、きさまは『なみ川』の倅か」

　道太郎の顔つきが変わった。

「そうだ。『なみ川』の孝助だ。食中りの真相を摑むためにこの地に戻ってきたのだ。おまえのために、父や母も命を落としたのだ」

「そんな昔のことをいくら喚《わめ》いても、いまさらどうしようもあるまい。諦《あきら》めて、おとなしくしているんだな」

「染次殺しと十右衛門殺しは昔ではないぜ」

亮吉が口をはさむ。

「どうなんだ？」

「何がだ？」

「殺しの件だ」

「そのとおりだ」

「認めるのか」

亮吉がきき返す。

道太郎があっさり認めたので、孝助はかえって警戒した。それより、道太郎の表情に余裕があることも気になった。

「すべておめえたちの考えどおりだ。十右衛門の還暦の祝いを『鶴の家』でやってくれたら大きな儲けにもなるし、宣伝にもなった。それを染次が邪魔したんだ。染次に何度も頭を下げたが、奴は受け付けなかった。だから、殺したんだ。十右衛門はおひさのことがばれそうになったのと『鶴の家』での還暦の祝いを取りやめた恨みからだ。柳橋の船宿に向かう途中を呼び止めて、十右衛門に頼んでみた。だが、十右衛門は取り合おうとしなかった。だから、徳次に殺らせた」

なぜだと、孝助は懸命に考える。なぜ、自ら進んで真相を語るのか。

はっとした。孝助は辺りを見回した。

「孝助、どうした？」

「近くに徳次がいるかもしれねえ」

「なに」

「ここがおめえたちの墓場だ」

道太郎がほくそ笑んだ。

「俺たちがおめえに会いに来たのは文蔵親分も丹羽の旦那も知っているのだ。俺たちを殺ればおめえはおしめえだ」

「そいつはどうかな」

「なに？」

「いいか、おめえたちを始末しろと教えてくれたのは文蔵だ。傷を押さえながら『鶴の家』に駆け込んできたんだ。おめえたち三人がやってくるから始末しろとな」

「嘘だ。文蔵親分は自分の家にずっと……」

亮吉があとの言葉を呑んだ。

「丹羽の旦那が俺たちを東本願寺に連れて行った間に、親分は『鶴の家』に先回りをしたのだ」

孝助が叫んだ。

「やっとわかったか。文蔵は染次殺しで俺を恐喝してきた。だから駒形堂で殺そうとしたが、おめえのせいで失敗した。だが、ことここに至っては、文蔵とは手を結ぶしかなくなったってわけだ」

「信じられねえ。文蔵親分が俺たちを殺るなんて」

亮吉が唖然としてきいた。

「そうか。俺を襲った浪人は文蔵親分の差し金か」

「俺はそんなことはしてねえ」

道太郎が笑った。

背後で草木を踏む音がした。

振り返ると、頬骨の突き出た鋭い顔つきの徳次がやくざ者らしい四人の男を引き連れて現れた。

「ここで三人で仲良く死んでもらおう。あとは、文蔵と丹羽の旦那がうまくやってくれるはずだ。徳次、やれ」

道太郎はせき立てた。

「ちくしょう」

亮吉が呻くように言う。

「この前の礼をさせてもらうぜ」

徳次が匕首を構えた。他の四人も屈強そうな男たちで、みな匕首の扱いに馴《な》れているようだった。

「こいつは俺に任せろ。おめえたちは手分けしてふたりをやるんだ」

徳次は孝助に迫った。

「兄い」

峰吉が悲鳴を上げた。

「やめろ」

突然、鋭い声が轟《とどろ》いた。

声の主を見て、孝助は目を疑った。

「十郎太さん」

父の敵の留守居役柴田金右衛門と金杉吾平を斬り、そのままどこかに行ったはずなのだ。

「孝助。もう心配するな。そなたのところに行く途中、文蔵の姿を見かけ、あとをつけたら『鶴の家』に駆け込んだ。あとから、孝助たちが来たので何かあると思ってついてきたってわけだ」

十郎太は剣を抜き、

「命のいらない奴はかかってこい」

と、徳次らに迫った。

徳次は匕首を逆手に持ち、足を前後に出して腰を落とした。隙を窺うようにじりじり迫り、そして右に左にと動きまわる。

十郎太は落ち着いて剣を正眼に構えている。亮吉と峰吉も十郎太の背後に隠れた。

「来ないのか。ならば、こっちから行く」

十郎太が足を踏み込むと、徳次は後退った。十郎太は追った。徳次は樹《き》を背負って立ち止まった。

「臆《おく》したか。ならば、匕首を捨てるのだ」

十郎太は剣を突きだして言う。

徳次は匕首を持つ手を下ろした。

「十郎太さん」

他の四人が孝助たちに迫った。

十郎太は振り向いた。そのとき、再び徳次が匕首を構えて十郎太の背後から襲いかかった。

十郎太は剣を振り上げた。徳次の匕首を持った右腕が宙に飛んだ。徳次が悲鳴を上げて転げ回った。

「おまえたち」

十郎太が近寄ってくると、四人はさっと孝助たちから離れた。

「逃げろ」

四人が逃げ出した。

「鶴の家道太郎、もう逃げられねえ」

孝助は道太郎のそばに駆け寄った。

「くそ」

道太郎は怒りに満ちた形相で、

「てめえたちは奉行所とは関わりねえ。お縄を使うことなど出来ねえんだ」

と、声を震わせた。

「孝助、この男の言うとおりだ。お縄に出来ねえならいっそ斬り捨ててしまおう」

十郎太が剣を突き付けた。

「十郎太さん。いけねえ、こいつを奉行所に突きだすんだ」

「同心がぐるではかえってこっちが悪者にされる。いっそ、斬ってしまったほうが世話はない」

十郎太は殺気だっていた。柴田金右衛門と金杉吾平を斬り殺した気の昂《たかぶ》りをまだ引きずっているのだろうか。

「孝助。どけ」

十郎太は剣を構えた。

「だめだ」

孝助は道太郎の前に立ちふさがった。

「十郎太さんらしくねえ」

「どけ。このまま野放しになったらどうするんだ?」

「こいつを殺したら、文蔵や丹羽溜一郎を見逃してしまうことになる」

孝助は必死になだめる。

「他の同心の旦那に託す。だから、斬るのはだめだ」

道太郎が全身の力が抜けたようにふいにくずおれた。

近くの自身番に道太郎を連れ込み、徳次を医者に連れて行ってから町役人に訴え、丹羽溜一郎以外の同心の支援を仰いだ。

そして、文蔵の家に行くと、今戸まで急いで往復したために傷口が開き、また出血して苦しんでいた。

孝助が顔を出すと、ぎょっとした顔になった。

「親分、生憎《あいにく》でしたね。あっしらはピンピンしてます。その代わり道太郎を捕まえましたぜ」

「孝助。てめえ、何者なんだ。十一年前のことをほじくり出しやがって」

「親分。あっしは『なみ川』の息子ですよ」

「なんだと」

文蔵は口をあんぐりと開けたまま孝助を見ていたが、

「きさまが『なみ川』の倅とは迂闊《うかつ》だったぜ」

と、憎々しげに吐き捨てた。

「道太郎が十一年前のこと、一切話してくれました。それから、染次殺しで親分から恐喝されたことも」

「……」

「親分。これまで面倒みてもらいやしたけど、こんな形でおしまいになるなんて想像もしてませんでしたぜ」

亮吉がやりきれないように言う。

「亮吉、孝助、峰吉」

いきなり、文蔵が片手をついて頭を下げた。

「どうか見逃してくれ。牢屋敷《ろうやしき》には俺が捕まえた者も入っているんだ。俺が入れられたら囚人《しゅうじん》たちに殺されてしまう」

「自業自得《じごうじとく》じゃありませんか。それに仕返しされるとは決まってませんよ。親分。ご詮議《せんぎ》の場で、洗いざらい正直に話してくださいな。いいですね」

文蔵は力なく頷いた。

数日後、丹羽溜一郎はお役御免になり、上役の監視下に置かれた。

十日後、道太郎が『鶴の家』をそっくり孝助に譲った。返したのだ。それを受け、孝助は『鶴の家』の看板を下ろし、『なみ川』として再出発することになった。

『鶴の家』の奉公人は全員慰留し、孝助は『なみ川』の主人となり、親戚《しんせき》の家に身を寄せていた妹のお新を呼び寄せて女将《おかみ》とした。

孝助は『なみ川』を会席料理の店として、料理屋番付に載るような一流の味が出せるよう板前に教え込むことにした。

『なみ川』の料理の心は客のもてなしだ。気持ちよく酒を呑み、料理を楽しむ。次の料理を出すまでの間も考えなければならない。そしてひとつひとつの料理に店側の思いを込める。客もそれを受け止めることで、会席料理に新しい価値を与えたいのだ。

そんな新しい『なみ川』の開店準備に余念がないとき、十郎太が訪ねてきた。

武士の姿だった。

「十郎太さん、その姿は？」

「今度は嘘ではなく、ほんとうに帰参することになったのだ」

「ほんとうですかえ。でも、留守居役の柴田金右衛門と金杉吾平を斬ったんじゃないですかえ」

「斬ろうとして襲った。だが、ふたりは土下座をして命乞《いのちご》いをした。そんなふたりを斬ったところで、父も喜ぶまいと思った。それに、世継ぎの宗千代君のためにやったことだ。それで、斬らずに見逃した」

「そうだったのですか。てっきり、ふたりを斬った勢いで道太郎も斬ろうとしたのかと思いました」

「あれは少し脅かそうとしただけだ」

「そうだったのですか」

「準備は順調か」

「ええ。着々と進んでいます。うちの板前を今、池之端仲町にある『美都家』という料理屋に修業にやらせています。信吉さんといういい板前がいましてね」

「そうか。そういえば、『樽屋』はどうなるのだ?」

「喜助とっつあんが続けます。たくさんの馴染み客がいますからね」

「そうか、それはよかった。では、俺もいつか『なみ川』で会席料理を食してみよう」

「お待ちしております」

外まで、十郎太を見送った。

その足で、孝助は待乳山聖天に行った。

毎朝、聖天さまに『なみ川』再興の願掛けをしてきたのだ。その願いが叶《かな》った礼を言うために行ったが、今度は新たな願いもできた。

『なみ川』が会席料理の店として世間に認められるように、と孝助は聖天さまに祈るのだった。

時代小説文庫

こ6-32

明日《あした》の膳《ぜん》 浅草料理捕物帖《あさくさりょうりとりものちょう》 五の巻《ごまき》

著者 小杉健治《こすぎけんじ》

2018年5月18日第一刷発行

発行者 角川春樹

発行所 株式会社 角川春樹事務所
〒102-0074 東京都千代田区九段南2-1-30 イタリア文化会館

電話 03(3263)5247[編集] 03(3263)5881[営業]

印刷・製本 中央精版印刷株式会社

フォーマット・デザイン&シンボルマーク 芦澤泰偉

ISBN978-4-7584-4165-0 C0193

http://www.kadokawaharuki.co.jp/[営業]
fanmail@kadokawaharuki.co.jp[編集] ご意見・ご感想をお寄せください。

小杉健治の本

独り身同心

シリーズ（全七巻）

①縁談
②破談
③不始末
④心残り
⑤戸惑い
⑥逃亡
⑦決心

頭は切れるが、女好き!!
独り身同心の活躍を描く、
大好評シリーズ!!

時代小説文庫

鳴神響一の本

第6回角川春樹小説賞受賞作品

私が愛したサムライの娘

忍びの女と異国の男、運命の愛
力強くも繊細な筆致で書き切った、歴史時代小説
第三回野村胡堂文学賞受賞作品

八代将軍徳川吉宗と尾張藩主・徳川宗春の
対立が水面下で続く元文の世。
宗春に仕える甲賀忍び雪野は、
幕府転覆を謀るために長崎へ向かう。
遊郭の太夫となった彼女は、
蘭館医師・ヘンドリックと
運命の出会いをする――。